卒業

君との別れ、新たな旅立ち

櫻いいよ　遊野煌　時枝リク　川奈あさ

STARTS
スターツ出版株式会社

目次

卒業　君との別れ、新たな旅立ち

卒業日カレンダー

川奈あさ

［一月］

「卒業日カレンダーって知ってる？」

休み時間。ポテトチップスを食べながら美月《みつき》はそう切り出した。私が首を振ると、隣にいる爽汰《そうた》も「知らない」と答えた。爽汰は私の幼馴染《おさななじみ》で、ことあるごとに私たちのクラスを訪れる。今も教科書を借りに来たついでに、私たちのお菓子を勝手につまんでいたところだった。

「やっぱりね、さくらはあんまりPik Pok見ないから。ほら、これ」

そう言って、美月はスマホを私たちに見せた。画面に映っていたのは、ショートムービーを投稿する人気SNSだ。美月は友人が多く、流行にも詳しい。

『#卒業日カレンダー』というハッシュタグを美月がタップすると投稿一覧が表示され、そこにはカレンダーを撮影した動画がずらりと並んでいた。壁掛けカレンダーもあれば卓上カレンダーもあるし、手帳のページを開いたものもあって色鮮やかだ。

その中から投稿をひとつ選んでショートムービーを再生すると、聞いたことがある曲が流れる。カレンダー全体を映したカメラは日付欄にズームしていき、『1月25日』の欄を映す。そこには『ねぼすけ卒業！』と女の子の手書き文字が書かれている。自身でカレンダーに書き込んで、それを撮影しているみたいだ。

いくつかのムービーを美月は再生した。どの投稿もカレンダーの日付欄に『〇〇卒業！』と手書きで書かれている。撮影や加工方法、カレンダーの種類や手書きの文字はそれぞれの個性が光り、眺めているだけで楽しい。

「これが卒業日カレンダー？」

「そう！　卒業したい自分と卒業する日にちを書いておくと叶《かな》うの」

「おまじないってこと？」

「そうでもあるし、目標の日にちが定まっているからそれを目標に頑張れるでしょ」

なるほど。魔法の力を信じているわけではなく、ようは目標シートみたいなものだ。日にち設定をして自分が卒業したいものを視覚化することで、自然と行動できるようになる。自己啓発のようなものみたい。

「さくらは『お菓子卒業！』にしたら？」

話を聞いていた爽汰がからかう。たしかに最近お菓子の食べすぎで少し太ったけど……！

「私も始めたんだよねー」

美月はカバンから手帳を取り出す。美月の好きなネコエモンが大きくプリントされたポップな色合いの手帳だ。

一月のページを開くと、二十日に『バイトから卒業！』、三十一日に『三日坊主から卒業！』と書いてある。

そしてスマホに目を戻すと、美月のアカウントには『#卒業日カレンダー』の投稿がふたつあり、目の前に開かれている手帳を撮影したムービーが投稿されていた。

「まずね、バイト辞めたいの。店長が怖くて言いづらかったけど、勇気を出す！　二十日はシフトの提出日だからこの日までに言うの」

「あー、あのパワハラ店長か」

爽汰が思い出したように言った。

パワハラ店長とは、美月が働く居酒屋の店長のことだ。店長は男性アルバイトに高圧的で、厨房ではいつも怒鳴り声が響いていると、美月は時々愚痴をこぼしていた。美月をはじめ高校生の女子にはやたら優しいけれど、辞めると切り出せば自分も同じように怒鳴られるんじゃないかと怖くて言い出せないとも言っていた。

「それでね、これ見て」

美月はもう一度スマホを操作し、自分の投稿のコメント欄を見せた。

『私もバイトやめたくて悩んでます』『パワハラ店長うちもいます』『よし私も「バイトから卒業！」する！』『私もこないだ言ったよ！』『そんな場所からは逃げよう』

そこには美月に共感するコメントがたくさん並んでいた。

「私の投稿見て『バイト卒業！』を設定して、実際に辞めるって伝えた人もいるんだって。だから私も頑張ってみようと思って」

「ふうん、そういう使い方するわけか」

爽汰も自分のスマホを取り出して、ハッシュタグを検索しているようだ。

「爽汰もやる？」

「カレンダーも手帳も持ってないわ」

「家にあるでしょ」

「家のカレンダーなんかに書けるか」

「100均でも売ってるよ、カレンダーなんて。けっこう男の子もやってるし」

美月の言葉に、私もSNSのアプリを開いてハッシュタグを探してみると、いろんな人の投稿があった。

「中学生とか大学生もやってるんだ」

「卒業シーズンが近づいてきて、どこかの高校三年生から広まったものらしいけどね」

私の呟《つぶや》きに美月は答えてくれる。投稿の多さを見るとかなり流行しているみたいだ。

「さくらもやるでしょ」

「うーん……私こういうのうまく編集とかできないからなあ」

あまり乗り気にはなれず、投稿を眺めながら曖昧《あいまい》に返事をする。

「やり方教えてあげるよ」

「長尾《ながお》のこの『三日坊主卒業』ってなに？」

美月が私のスマホを覗《のぞ》き込んだところで、爽汰が質問した。

「ああそれね。今私ランニングしてるの、朝」

「へぇ」

「でもいっつも三日坊主だからさ。今、十六日でしょ？　とりあえず今月いっぱい頑張れば、三日坊主は卒業できたかなって」

「そういうことね」

「この『三日坊主卒業』は目標にしてる人けっこういるんだよ」

美月が自分のスマホを開いてまたコメント欄を見せてくれる。私から関心がそれて少しだけほっとする。

帰りに立ち寄った本屋で、手帳コーナーを見つけた美月は私の手を引っ張って誘導した。

「ほらほら、さくらもどう？」

「うーん」

並んだ手帳たちを見ていると、そのうちの一冊に引き寄せられた、気がした。

優しいペールブルーの手帳は、一目見た瞬間に私の心を掴《つか》んだ。一粒の小さな星が光るその表紙は、希望の欠片《かけら》に見えたから。

手帳から目を離せずにいる私に、美月は「ねえこれさくらっぽい！」と言う。背中を押されたからと自分に小さく言い訳をして、その手帳を購入した。

手帳の中身はシンプルだ。サラサラと触り心地のいい紙に銀色の線と数字が並んでいる。特別にイラストなどもないけれど、このシンプルさが私にはしっくりくる。近くに陳列されていた深いブルーのインクペンも合わせて購入してしまった。

形から入りすぎている気もするけど、文房具が好きなのだ。お気に入りの文房具を買うというのは新雪に踏み込むような感覚があって、眩《まぶ》しさとワクワクが私の気持ちを包み込む。

「卒業したい自分か……」

夜、私はベッドに寝転んで考えていた。

『今日投稿してよね！』と美月に念押しされたけれど、なにも思いつかずPik Pokを開いて他の人の投稿を見る。

『暴食卒業！』お菓子を卒業したい私と同じような感じかな。

『二度寝卒業！』わかるわかる。これは私も卒業したい。でも気持ちよくてやめられそうにない。

『勉強せずにスマホを見ること卒業！』ふふ、そんなこと言ってこの投稿をしている時点で難しいんじゃない？

コメント欄に『卒業無理そう笑』というツッコミを見つけてますますおかしくなる。

そうか、こんな簡単なものでもいいんだ。これなら私でも卒業したい自分、を公開できる。

私は今日買ったばかりの手帳を開いてみた。二十日の欄に『二十一時以降のお菓子から卒業』と書いてみる。インクペンは想像した通りのなめらかな書き心地で、真っ白だったページに深いブルーが浮かぶと、ますますこの手帳のことが気に入った。

目標を書いたら、次は撮影だ。他の投稿をいくつか参考にして、私はまず手帳の表紙をアップで映した。表紙にきらめく一粒の星を見てほしかったのだ。それから一月のページを開いて全体像を見せたあと、二十日までズームして『二十一時以降のお菓子から卒業！』という文字にフォーカスを当てた。

人気投稿主のようなかわいい加工はできなかったけど、お気に入りの手帳と自分の手書き文字をおさめた動画は特別に感じる。

私は他の人と同じように、『#卒業日カレンダー』のタグをつけて動画を投稿してみた。

学校の友達くらいしかフォロワーはいないけど、人気のタグだからか、すぐにいくつものコメントが来た。

『え、わかる』『昼間はやめられないけどこれならできそう』『私は二十二時以降にする笑』

彼女たちのホームにも飛んでみると、『ニキビ潰しちゃうの卒業』とか『授業中に寝ちゃうの卒業』とか、クスッと笑ってしまう愛しい悩みが投稿されている。

その後もいくつかタグを眺めていると、有名なピックポッカーの投稿が目に入った。

初めに映ったのは『汚部屋から卒業！』と書かれた壁掛けカレンダー。そこからどんどんカメラが引いていくと、そこには足の踏み場もないほどに散らかった、紛れもない汚部屋が現れて笑ってしまった。

何万人もフォロワーがいる有名な人が、こんな汚部屋が悩みで卒業したいなんて。突然ぐっと親近感が湧く。

そうか、みんな小さい悩みはいくつでもあるんだ。こういった悩みなら、公開しても大丈夫だ。

「お菓子、やめるんじゃなかった？」

学校の帰り道、いつもと同じく爽汰と歩く。私が頬で飴玉《あめだま》を転がしていることに気づいたらしい爽汰が言った。

「二十一時以降ね」

「効果ある？」

「来月は二十時にするわ」

私の投稿を見たんだろう。卒業予定の内容について突っ込まれる。

「てか、さくらも始めたんだ」

「うん。もうすぐ卒業だし流行《はや》りに乗っておこうと思って」

「ふうん、推薦合格者は余裕だよなあ」

受験を間近に控えた爽汰は羨《うらや》ましげに呟いた。私はすでに推薦で大学が決まって
いるから受験勉強の必要はないのだ。

「爽汰はやらないの？　卒業日カレンダー」

「今俺の頭には二月の『勉強からの卒業』しかないわ」

爽汰はおどけた口調で言ってから笑った。

「余裕がある三年多すぎじゃない？」

「みんながみんな大学に行くわけじゃないからね」

美月も美容専門学校に行くことが決まっている。

「それに受験生もけっこう投稿してるよ」

『#卒業日カレンダー』には大学入試にまつわる投稿もたくさんある。最近共通テストが終わったばかりだから、『共通テスト卒業!』という内容をよく見かけた。

勉強そっちのけで『#卒業日カレンダー』の投稿ばかり見てしまわなければ、願掛けのおまじないとしては入試を控えた人こそ向いている気もする。

「あーずる」

「あと少し頑張って」

「推薦のやつに言われてもな」

そう言って笑う爽汰に「明日も塾?」と聞くと、だるそうに頷いた。

勉強が忙しい爽汰と過ごす時間は格段に減った。

爽汰と一緒にいられる時間はあと少しなのに。

私と爽汰はずっと幼馴染を続けてきた。

幼稚園児の頃に始めた習い事が同じで、マンションが同じで、親同士が仲良くなっていつも遊んでいたから。親が忙しくなり、家族ぐるみで会うことはもうほとんどないけれど、高校までずっと同じだった私たちは自然と一緒にいた。

でも、もうそれもあと少しで終わってしまう。

爽汰は夢のために、東京《とうきょう》の大学に行くから。

私が『二十一時以降のお菓子卒業！』をし、美月が『バイト卒業！』をした一月下旬。『#卒業日カレンダー』も卒業報告が溢《あふ》れだした。

小さな目標が多かったこともあって、卒業できた人がほとんどだ。

『#卒業日報告』というタグが現れ、カレンダーに書かれた目標に丸をつけたり、シールを貼ったりする報告動画が流れてくる。

やっぱり形から入りがちな私はシールを購入した。ブルーの桜のシールを発見した時に、これだ！と思った。私の名前の〝さくら〟に、卒業で連想される〝桜〟、そしてペールブルーと銀色の手帳に馴染む淡いブルー。

私は一月二十日の『二十一時以降のお菓子卒業！』の上に、ブルーの桜のシールを貼った。

目標にシールを貼って喜ぶなんて、子供の頃みたいだ。小学生の頃のドリルは一ページごとに〝できたよシール〟を貼っていたっけ。爽汰とどちらが先にドリルを終わらせるか競争したことも、ふと思い出して頬が緩んだ。

「やっぱり次はバレンタインに向けての投稿が多いなあ」

そう呟いた美月のスマホを横から覗き込むと、『2月』『February』と表示されたカレンダーがいくつも見える。

いくつかの投稿を開くと、かわいい恋の歌に合わせて『バレンタインに勇気が出せない私からの卒業』『お菓子作り失敗から卒業』と手書きの文字が映された。

特に『#バレンタインに勇気が出せない私からの卒業』のタグはかなりの数の投稿があり、今年こそは勇気を出す！という決意表明と共に、たくさんの手書き文字が並んでいた。

「さくらは？」

「ん？」

スマホから顔を上げると、美月がこちらをじっと見ていた。

「爽汰にあげるの？」

「うん、毎年恒例だから」

「そうじゃなくってさー、幼馴染としてじゃなくてよ」

美月の目は『告白しろ』と訴えるけど、私はチョコを口に入れた。二十一時以降に食べない分、お昼に食べる分が増えている気もする。

「うーん」

「だって爽汰、東京の大学行くんでしょ」

「うん」

「ここで言っておかないと。幼馴染の立場でいられるのは三月までなんだからね」

小さく笑ってごまかすと、美月はスマホに目を戻して「私はお菓子作り失敗から卒業しないとなー」と呟く。

美月は他校に彼氏がいるから、告白の勇気は出さなくてもいいらしい。

「だよねー」

「さくら一緒に作ろうよ」

「私もうまくないけど」

「じゃあ、告白はともかく。さくらも『お菓子作り苦手な私、卒業！』にしよ。ね、二月十三日空いてる？　一緒に作ろうよ」

「うん」

美月はネコエモンの手帳を取り出して、二月のページを開く。十三日の欄に『お菓子作り苦手な私、卒業！』とペンを走らせるから、私も自分の手帳を開いて二月十三日の欄に同じ言葉を記入した。

「あ、そうだ。一緒に撮ろうよ」

美月は自分の手帳と私の手帳を並べて、十三日の欄が並んで見えるように丁寧に重ねてから、スマホを構えた。

最近『#卒業日カレンダー』ではペア投稿も流行っている。友人と一緒に『遅刻魔から卒業！』と同じ目標設定をしたり、恋人が『喧嘩《けんか》カップルから卒業』と共通目標を掲げてみたり。ふたつのカレンダーを重ねて撮影する動画をいくつか見た。

美月が動画をアップしたあと、同じ動画をもらったので私も投稿してみる。

よかった、これで二月の目標はひとつ決まった。

本当に卒業したい自分は隠して、表面上のささいなものだけ公開する。

そんな私の卒業日カレンダーの意味なんて、きっとない。


「長尾とチョコでも作んの？」

「うん、十三日に」

帰り道、爽汰が訊《たず》ねてくるのは先ほどアップしたばかりの卒業日カレンダーのこと。

美月の投稿には『#バレンタインデー』とタグもついていたから、バレンタインのお菓子を作ることは明らかだった。

「俺その日、入試だわ」

「じゃあ東京に行くの？」

「そう。いいよなー、お前らは気楽で」

勉強疲れらしく爽汰の目の下にクマができている。

そんなに頑張って、東京に行っちゃうなんて。私から遠ざかっていっちゃうなんて。

「入試頑張った爽汰さんにチョコ作ってあげましょうね」

寂しさを振り払うように私は明るい声を出した。

「入試のご褒美になるくらい美味《おい》しいやつね」

爽汰はふざけた口調で返してくる。それはいつも通りの楽しい会話なのに、じめじめとした感情がどこからか顔を出す。

「美味しさの保証はない」

「じゃあ『お菓子作り苦手』から卒業できないじゃん」

「頑張ります」

爽汰は大きな口を開けて笑うから、私もつられて笑った。こうやってからっとした笑顔を向けられると、私の心はいつだって軽くなる。

私の毎日から爽汰がいなくなったら、じっとりとした気持ちはどうやって乾かせばいいんだろう。

「あ、さくら！　爽汰くん！」

自宅のマンションに到着したところで車から声をかけられた。見慣れた白いコンパクトカーから顔を出したのはお母さんだった。

「おかえり」

「あ、おばさん久しぶり！　今から出るってことは夜勤？」

「そうよ。爽汰くん受験もうすぐでしょ、頑張ってね」

「おばさんも頑張ってねー」

爽汰が朗らかに返すと、お母さんは軽く手を振って窓を閉め、車を発進させた。

「なにか食べてく？」

「ラッキー。今日うちも親遅いから適当に食べてって言われてた」

お母さんが夜勤の日は私がご飯当番。そんな日は時々爽汰が食べに来ている。

私たちは一緒に八階まで上がり、爽汰は自分の家のように「ただいまー」と言うと、家に上がってリビングのソファに座った。

「手洗ってね」

「はい、お母さん」

「誰がお母さん」

「――あ、やっぱり爽汰だ！」

私たちがふざけた会話をしていると、弟の涼《りょう》がリビングにやってきた。

「よっ、受験仲間。どう？　勉強」

「ぼちぼち。爽汰は？」

「まあ俺もぼちぼち」

涼は中学三年生で、同じく受験に向けて頑張っているところだ。

ふたりはそのまま会話を続けているから、私はキッチンへ行って冷蔵庫の中身を確認する。

豚肉がある。爽汰の好きな生姜《しょうが》焼きを作ろう。あとは簡単にみそ汁でいいか。野菜室から野菜を出して刻んでいく。

こんな日々が続いていくと思っていた。

不便のない街で、それなりに働いて。時々爽汰にご飯を作ってあげたり、私の家族と爽汰が話すのを見守ったり。

でも、春になれば爽汰はいなくなる。

爽汰には夢、がある。

いつか見た広告に感銘を受けた爽汰は、将来広告の仕事に就きたいらしい。

数十秒の動画で、誰かの心を動かす。そんなものを作りたいんだって。

この街は特段田舎ではない。生活に必要なものは手に入るし、不便はないベッドタウンだ。

コンビニは数えきれないほどあるし、それなりにおしゃれなカフェだってあるし、少し電車に乗れば流行りのものも手に入る。大学だって専門学校だって、家から通える範囲で選択肢はたくさんある。

でも、爽汰は選んだ。東京に行くことを。そこにしかないものを求めて。

私はきっとこの都会でも田舎でもない、住みやすい街から抜け出せない。

［二月］

二月に入っても、私の『#卒業日カレンダー』は美月とペア投稿した十三日しか埋まっていない。

皆の話についていけるようになにか、投稿したい気持ちはあるのだけど。

『#卒業日カレンダー』は以前にも増して人気があるタグになった。

そして、少しだけ雰囲気が変わってきた。

投稿の中身が、思わず笑ってしまうような小さな目標から、少しだけ踏み込んだ内容に変化してきたのだ。

『#卒業日カレンダー』のいいところは、同じ悩みを持った人がすぐに見つかって共感してくれることだと思う。時にはアドバイスをもらえることもあって、美月はバイトを円滑に辞める方法をコメント欄から教わったらしい。

そんな頼れる場所になっていたから、深い悩みを公開する人が増えてきた。

『浮気される私から卒業』『親のいいなりの私から卒業』といった、人間関係の悩みが多い。

自分だけで完結できるような小さな目標から、『本当に卒業したいもの』に変化してきている。

それなら、私が投稿できることはない。

『さくらちゃんは本当にいい子ね』

『木崎《きざき》さんはみんなのお手本になってください』

『さくらがいい子だから、助かってるんです』

『木崎さんにお願いしたいと思います』

『さくらは』

『木崎さんは』

〝いい子の木崎さくら〟でいたいから。

私が自分の本当に嫌いなところを卒業してしまったら、〝いい子の木崎さくら〟はいなくなってしまうかもしれない。

それなら〝誰かの求めるいい子の木崎さくら〟でいた方がずっと楽だ。

壁にかかっているカレンダーをぼんやり見つめたあと、スマホに目を向けるとなにか通知が来ていた。

——Pik Pok更新のプッシュ通知だ。美月が投稿したらしい。

通知をタップすると、彼女の投稿が表示される。

美月がよく口ずさんでいる歌をBGMに、見慣れたネコエモンの手帳の表紙が映り、美月が表紙をめくる。二月のページを開いて、二十八日の欄にズームすると、小さな文字で『悩みすぎる自分から卒業』と書いてある。

「悩みすぎる自分……」

なんだか意外な言葉だった。美月とは高校入学で出会い、三年間同じクラスでずっと一緒にいたけど、悩みすぎる美月というのは私の中の美月と重ならない。

『パワハラ店長やだーやめたいー』『また彼氏と喧嘩したー！』と愚痴をこぼす時もいつも明るい口調で、美月が思い悩んでいるような表情を見たことはなかった。

『寝る前にベッドの中で、今日の自分これでよかったかな？　自分の発言で人を嫌な気持ちにさせてないかな？って一日の反省会を三十分くらいしちゃう。そんなこと考えすぎても意味ないから、やめたい。悩みすぎ&考えすぎな自分から卒業したい』

そんなコメントが動画に添えられていた。

「………」

意外で、言葉が出なかった。

美月はいつだって明るくて、パワフルで、周りからも『美月は悩みがなくていいよねー、いつも楽しそうで』と言われている。正直私もそう思っていたし、美月は『私にだって悩みくらいあるよー』と笑っていたっけ。

少しの間に、美月の投稿は拡散されて、共感のコメントがいくつも集まっていた。

『わかりすぎる』『私も毎日反省会』『これ意味ないってわかってるんだけどね』

『相手はなんにも思ってないって頭ではわかっててもやたら気にしちゃう』『私かと思った』

『みんなの前では笑って明るく見せてるのに、家帰ったら陰の塊《かたまり》』

生きている声を見て、顔が熱くなる。

ああ、もしかして。

私だけじゃなかったのか。ひとりでじめじめと、思い悩んでいたのは。眠れずに寝返りばかり打つ夜を過ごしているのは——。

美月もみんなの前では〝いつも楽しくて明るい、悩みなんてない長尾美月〟なのかもしれない。

美月だけじゃない、もしかするとみんな私のように〝誰かの求める自分〟を持ち合わせているのかもしれない。

二月十三日。

私の家で、美月と『お菓子作り苦手な私、卒業！』に挑戦している。

「でもさくらがお菓子作り苦手なの意外」

学校帰りに寄ったスーパーの袋から、美月は板チョコを出しながら言った。

「だってお母さんの代わりにご飯とかよく作ってるんでしょ？」

「料理は適当でもなんとかなるから」

「逆に難しそうだけど」

「お菓子は分量も手順もきっちりしてるから苦手」

外ではしっかり者の鎧《よろい》を着込んでいるけど、実は雑なところもある私にとって、細かく分量を量らないと成功しないお菓子作りは得意なものではなかった。

「意外ー」

美月はザザッとスーパーの袋をさかさまにする。100均で買ったラッピング用品が飛び出した。私も人の目がなければ同じように袋をさかさまにしている。部屋だってそんなに綺麗《きれい》じゃない。今日だってあちこちに散らばったものをなんとかクローゼットに押し込んできたのだから。

私はデジタルの量りにキッチンペーパーを敷いて、小麦粉をのせていった。

「わー！　できたできた！」

オーブンから出てきたガトーショコラに美月は歓声をあげた。私は竹串をそっと差し込んでみる。

「うん、大丈夫そう」

「やったー！　これ完璧じゃない？」

ワンホールのガトーショコラは綺麗に膨らんだし、焦げてもいない。仕上げに粉砂糖をかければ、参考にしたレシピの写真通りになりそうだ。

「粗熱が取れてから切り分けるね」

「もう食べたい」

美月はうっとりとした表情でガトーショコラを見つめた。

「ガトーショコラは焼きたてよりも次の日まで寝かした方がしっとりして美味しいよ」

「それは彼氏にあげる！　私は今、味見したいーー！」

匂いがリビングに充満して、胸にまで広がって、本当は私もかぶりつきたいくらいだ。

その時、玄関からチャイムの音が聞こえた。時計を見上げれば時刻は十九時半。

「爽汰かも」

「あ、今日入試か。マンション同じなんだっけ」

「うん、爽汰は五階だけどね。ちょっと出てくる」

玄関に向かうとやはりそこには制服姿の爽汰がいた。東京から帰ってきたその足で来てくれたのかもしれない。

「うわ、めっちゃいい匂いする。チョコ作ってた？」

爽汰はリビングに顔を向けると目を閉じてにやつく。

「白々しいなあ、チョコもらいに来たくせに」

「バレてた。ま、お邪魔しまーす」

爽汰は遠慮なく家に上がると、チョコの香りが漂うリビングまで弾んだ足取りで進んでいく。

「明日渡すって言ったのに」

「入試お疲れチョコくれるって言っただろ」

言い合いながらリビングに戻ると、美月が待っていた。

「彼氏の登場だ、ほら愛するさくらからのチョコ」

美月はそう言いながら焼き上がったガトーショコラを自慢げに見せつける。

「彼氏じゃないから」

「わ、うまそう。ほんとにふたりが作ったわけ？」

私はいちいち照れて言い返してしまうけど、爽汰は美月の言葉はどうでもよさげにガトーショコラしか見ていない。

「もう食べていいの？」

「少し冷まして寝かせた方が美味しいよ」

私はレシピ通りの提案をするけど、ふたりは今すぐ食べたいと主張する。その気持ちは正直……わかる。

「えーでもあったかいのも絶対うまいって。めっちゃいい匂いするもん。俺の分、今ちょうだい」

「だよね、私もそう思うー。ね、いいよね？　さくら」

「仕方ないなあ」

私の心も〝今すぐ食べる〟に大きく傾いてきていたから素直になることにした。

ナイフを取り出して、ガトーショコラを切っていく。ナイフがべたつくこともなく、しっとりとでき上がっている。我ながら自信作だ。

焼きたてを切ったから少し崩れてしまったけれど、半分以上は綺麗なまま残っているから、美月の彼氏の分はここから切り分ければいい。

「うっま」

「あっつ」

ひとくちサイズを手掴みで、爽汰と美月は口に入れた。フォークを人数分出したところだったけど、ふたりにならって私も手で掴んで口に入れた。

少しほろ苦いガトーショコラが口の中に広がってすぐに溶けていく。

「これは『お菓子作り苦手な私、卒業！』と言ってもいいでしょ？」

美月はニヤリと宣言した。

想像していた通り、二月十四日の『#卒業日カレンダー』は『#卒業日報告』で埋まっていた。

一番多いのは告白報告だ。恋の切なさを歌ったBGMに合わせて、カレンダーの日付欄には丸やハートがついている。

『勇気出しました。返事はOKで、片思いからも卒業しました！』

『卒業日カレンダーのおかげで頑張れた！　俺も好きって言われた』

そんな幸せな報告が溢れていたが、『振られちゃいました。でも、一歩踏み出せた自分のことを好きになれた。背中を押してくれた人ありがとう！』『ダメもとってわかってたけどダメでした。もうすぐ卒業だから心残りはない！　弱気な自分からは卒業できた！』という失恋報告もあった。

成功する、とわかっている人だけが勇気を出したわけじゃない。

一月に流行っていた小さな目標と違って、告白は相手がいる目標だ。自分の努力だけでは実らない。

なのに、どうしてみんな一歩踏み出せて、そしてダメだった自分をさらけ出すことができるんだろう。

「みんな告白してるよ？」

翌日、美月はまたしても目で訴えかけてくる。

「まさか爽汰にあげたチョコってあの日のだけ？」

「うん。昨日も今日も滑り止めの入試に行ってるから」

私の答えに美月は「げー！」と大げさな声を発してから、呆《あき》れた表情で続ける。

「ラッピングもしてないし、なんなら味見でしょあれ」

「ダメだったかな」

「幼馴染としてはいいよ、でも好きな相手にはダメ」

私はわりと感情を隠すのは得意なはずなのに、爽汰への気持ちだけは美月になぜか気づかれてしまっている。否定することもできず曖昧に頷く。

「ほら見て。今回告白できなかった人たちもこれから告白するってさ」

美月がスマホを開いて『#卒業日カレンダー』を見せる。目に飛び込んできたのは、三月のカレンダーたちだ。

『バレンタインに卒業した人たちに勇気をもらいました！』

『最後のチャンスです、頑張ってみます』

『バレンタインになにももらえなかったけど、ホワイトデーは自分から勝負！』

と、またもや告白予告がずらっと並んでいる。恋の勇気は伝染するらしい。それはとてもいいことだけど……。

「あ、じゃあ。この日は？」

三月三十日を指さす。私の十八歳の誕生日だ。

「十八歳までに、『告白できないさくらから卒業』っていうのは？」

「うーん、考えておく」

「その日は私がかわいくしてあげるからさ。あ、今日も触ってもいい？」

「いいよ」

美月は私の後ろに立つと髪の毛を掬《すく》った。時々美月はこうして私の髪をアレンジする。そんな時は決まって嬉《うれ》しそうだ。

私たちの学校は進学校で、その中で美月は学年首位を取ったことだってある。でも先生やご両親の反対を押し切って、美容学校に進むのだという。

人をかわいくするのがずっと好きで、どうしても夢を諦められなかったと笑っていた。

──強い。でもそんな美月にも悩む夜があることを知った。強いだけじゃないはずだ。

私は悩むことからも逃げているから、弱い。

いい子を作っていれば、なにも考えなくて済むから。いい子に逃げている。

爽汰には夢がある、美月にも夢がある。

私はなりたい自分がよくわからない。

夢はないけど、この先の私の道はある程度決まっている。

田舎でも都会でもないこの街で、看護師として働く、予定。

お母さんは口癖《くちぐせ》のように言った。

『手に職をつけなさい』『資格を取りなさい』

小学校六年生の時に、両親は離婚した。離婚なんてよくある話で、クラスに同じような子もたくさんいる。そうわかっていても当たり前の毎日が一瞬で消え去るというのは、十二歳の私には大きな衝撃だった。

『資格は大事なのよ』お母さんは言った。

『看護師で本当によかった』何度もそう言った。

心からそう思っているようでもあり、言い聞かせているようでもあった。そして、事実でもあった。

お父さんは私たちにマンションを残してくれたし、養育費だって払ってくれている。

でもお母さんだけで私と弟を育てるにはそれなりにお金が必要だ。

『看護師じゃなかったら正社員に戻れてなかったかも、やっぱり資格よ』

『さくらは将来なにになるの？　なんでもいいけど資格があるものにしなさい。いざという時に役に立つから』

『なにか資格が取れる大学に行った方がいいし、そのためには推薦がもらえるようにしないとね』

お母さんの言うことは正しい。

でも、お母さんが看護師じゃなくて、正社員に戻れなくて、高給取りでなければ。まだお父さんはいてくれたんだろうか。

お母さんには絶対に聞けないけど。

お母さんには絶対に言えないけど。

どんな理由があってふたりが別れたのかはよく知らない。喧嘩ばかりでも、それでも私はお父さんにいてほしかった。

『推薦のためには……いい子でいるべきよ』

お母さんは十二歳の私に繰り返し言った。これから中学に入ってそのあとに待つ高校受験のためには、内申点と生活態度が重要なのだと。

『いい子にしないといけないの？』

『大人はいい子が好きだから。先生の前だけでいいから、いい子でいるのよ。推薦をもらうために』

でも、私は気づいていた。

お母さんだっていい子が好きなことを。

もしかすると……いい子ならお父さんも帰ってきてくれるかもしれない。

いい子でいなくちゃ。

お母さんが求めるいい子、先生が求めるいい子、お父さんが帰ってきてくれるくらいのいい子。

でも、いい子ってなに？

その答えがわからないから、大人の求める私を探した。

夜勤の日に夕食を作れば褒められた。だから〝お母さんの代わりの木崎さくら〟になる。

誰もやりたがらない委員に立候補すれば喜ばれた。だから〝委員長の木崎さくら〟になる。

お父さんに近況報告のメッセージを送ると、嬉しそうな声で電話がかかってくる。だから〝まだお父さんの子供の木崎さくら〟になる。

そうして誰かの求めるいい子の私が完成して、誰に対しても〝求められている木崎さくら〟になるのが楽だと気づいた。

私の考えたいい子は、優しいしっかり者。いつの間にか友達の前でも同じように振る舞っていた。でもその〝木崎さくら〟でいれば嫌われることもない。

中学生になったある日、私はお母さんに言ってみた。

『私もお母さんみたいに看護師になろうかな』

その時のお母さんの喜びようは今だって鮮明に思い出せる。胸に突き刺さって痛いほどに。

『大賛成！　お母さんも看護師がいいと思っていたの！』

私は気づいていた、お母さんの望んでいることを。

そう言えばきっと喜んでくれることを。お母さんが望むいい子になれることを。だから〝看護師を志す木崎さくら〟になった。

そんな風に、大人にとっての〝いい子探し〟をしているうちに私は私のことがわからなくなってきていた。

大人のための、誰かのための〝木崎さくら〟を卒業したい。

でもこの〝木崎さくら〟から卒業してしまったら、私からはすべてなくなってしまう気がした。

私は夢もない、自分もない、空っぽだ。

「勉強からの卒業っ！」

二月十六日の放課後。私たちのクラスにやってくるなり、爽汰はそう叫んだ。昨日、最後の試験を終えて、爽汰はついに受験勉強から解放されたらしい。

「最高の卒業じゃん、おめでとー」

美月がカバンからグミを出して「一粒しかないけどお祝いってことで」と爽汰に渡した。

「はー、本当に最高の卒業だ」

もらったグミをすぐに口に入れて爽汰は清々しい顔を見せた。

「結果はいつ？」

「来週。今は結果のこと考えたくない、その話はやめて」

美月の質問に爽汰は悲痛な声をあげてから笑う。

「まあお疲れ！」

美月が笑いながら声をかけて、私も「お疲れさま！」と笑顔を作った。寂しさに気づかれないように。

あとほんの少しで爽汰が東京に行くのが確定してしまうのか。……本命以外は地元を受けていたけど。でも爽汰は間違いなく東京に行く、そんな予感がした。

春からのことを考えるのは怖くて、私は思考を停止した。今は自由の身になった爽汰と過ごす時間が増えることだけ考えよう。

そう思って「塾ももう終わり？」と聞くと、嬉しそうな声が返ってくる。

「まだあるけど、もう行かなくてもいっかな。塾も卒業！　――あっそうだ、今日は一緒に帰れない」

「最後の塾？」

「あー……」

爽汰は歯切れの悪い返事をした。なんと言えばいいか迷っているらしい。

「今日は塾の後輩にちょっと用があるって言われてさ」

瞬間、胸にスゥッと風が入り込んだ気がした。なんとなく意味を察してしまった気がする。だから、それ以上聞けない。

「塾の後輩？」

私の気を知らずに美月が質問すると、「うん、うちの高校の子だけどね」と爽汰は返した。

高校の子――相手が女の子なのだということはすぐにわかる。

「なんの用？」

「チョコくれるんだって。受験お疲れさまの」

「バレンタイン、学校来てなかったから今日ってことか」

「そうそう」

美月とやり取りをしながら爽汰はマフラーを巻き始めた。……爽汰に告白する女の子のもとに行ってしまう。

美月が私をちらりと見た。その目が『止めなくていいの？』と無言で訴えてくる。

でも今日もそれに気づかないふりして「いってらっしゃーい。じゃあ私は先に帰るわ」と明るい声を出した。

『ねえこの子じゃない？　チョコ渡したの』

爽汰がきっと告白を受けた――翌日の土曜日、予定なく部屋でゴロゴロしている私に美月からメッセージが届いた。

Pik PokのURLが添えられている。心臓が変な音を立てた。こわばった手でおそるおそるタップしてみると『#卒業日カレンダー』の投稿に飛んだ。

淡いピンクの卓上カレンダーが映し出され、二月十六日の日付までズームされる。そこには『ただの後輩から卒業！』という手書き文字が見える。

ドクンと胸の音がこめかみにまで響く。

恋の歌がBGMで流れ、投稿主と思われる女の子の細い指がカレンダーに伸びて、ぷっくりしたクリアのハートシールを貼った。動画はそこで終わっている。

『ずっと片思いしていた先輩に告白しました！　#卒業日報告』

爽汰は春にはいなくなる、東京に行ってしまって。

でもなぜか。爽汰はずっと爽汰のままで、私の一番隣にいてくれると、どこかで思っていたのだ。

私がなにも言えないうちに、幼馴染に甘えている間に。変わってしまうことはある。

春にならなくても。

「……そりゃそうだよね」

投稿を見た瞬間は心臓が跳ねて体温は一気に上がったのに、今は身体の芯が冷えたように手先まで凍っている。

永遠を誓った夫婦でも、永遠なんてない。

愛なんていつか壊れるものだから、恋にしたくなかったのに。幼馴染でずっといたかったのに。

私たちが恋愛にならなくとも、壊れてしまうんだ。

その投稿のコメントを見ると、『結果は残念だったけど、先輩が上京する前に伝えられてよかった』と添えられていて、ほっとしてしまう自分が情けない。

まっすぐ気持ちを伝えて、弱音を人に見せることができる爽やかな彼女。くすぶったまま幼馴染の立場に甘えている自分と比べて、ますます情けない気持ちになる。

彼女の投稿から『#卒業日報告』をタップしてみると、色とりどりのカレンダーの画像がずらっと並んでいる。

目についたものをタップしていくと、やはりバレンタインにちなんだ卒業報告が多い。告白を受け入れられた人、受け入れられなかった人、それは様々だけど、投稿内容はどれも清々しく誰も後悔をしているようには見えなかった。

『ただの後輩からの卒業』

『バイト仲間からの卒業』

『友達からの卒業』

きっとその関係はぬるま湯のような関係で。ずっと浸かっていられる温度だ。一歩踏み出そう！と決心しなくては簡単に抜け出せもしない。

『幼馴染からの卒業』

その投稿に目を奪われる。まったく知らない高校生の投稿だ。

動画に添えられたコメントには『高校卒業を機に離れ離れになるから勇気を出しました。これからは恋人です！』と書かれていた。

私の家から三百キロは離れた県で、顔も知らない、本名すら知らない。でも私と同じように幼馴染が好きで、春から離れてしまう予定で、そして勇気を出した人がいる。

『怖くなかったですか？』

気づけば私はコメントをしていた。

『怖かったです！』

たったそれだけの返事だ。

どうして怖かったのか、どうして告白しようと思ったのか、どうやって勇気が湧いたのか。たくさん聞いてみたいことはあったけど、『怖かった』それにすべて詰まっている気もした。

みんな怖いんだ。

卒業するのって、今の私とさよならすることだから。

でも、さよならと引き換えに手にするものがある、それがきっと卒業だ。

胸がざらりと波立つ。

いてもたってもいられなくなって私は立ち上がった。はやる気持ちをなだめながらメッセージを送る。

『今なにしてる？』

「こんなとこでなにしてんの？」

「動画撮影してた」

「動画？」

「うん」

爽汰から『マンションの公園にいるけど、来る?』と返事が来て、私は公園まで下りてきた。

私たちが住むここは、ベッドタウンにありがちな、いくつかの棟が並ぶ規模の大きなマンションだ。爽汰は私たちの棟にある公園にいた。

シンプルな滑り台と砂場があるだけの小さな公園。砂場ではよちよち歩きの男の子とお母さんがお山を作っている。

小さな滑り台の上に爽汰は立っていて、私を見つけるとお尻を詰まらせながらゆっくりと下りてきた。

「なんかあった?」

「爽汰にちょっと会いに来ただけ」

「えっ、本当になにかあった?」

爽汰は心配したようにこちらをじっと窺《うかが》うから、私は軽く首を振ってできる限り気楽な声を出した。

「ううん、特になんにもないんだけど。試験も終わったし暇かなと思って。私も暇だったから」

「ふうん。じゃあちょっと付き合ってよ」

納得した爽汰は私の返事を待たずに歩きだした、小さな公園を出て、マンションの敷地を突き進んでいく。

「どこに行くの？」

慌てて爽汰に追いついて私は聞いた。

「特に決めてないけど、動画を撮りたくて」

爽汰をよく見れば歩きながらスマホを構えていて、動画を撮っているようだった。

「マンションの動画？」

「うん、まあマンションも」

「なにを撮ってるの」

爽汰は振り向くことなく、真剣な表情でスマホに映る景色を見つめているから私は続けて質問した。

「色々。組み合わせて三十秒の動画にしたい」

「三十秒？」

目の前の背中が止まって、私も足を止めた。マンションの敷地の真ん中にそびえる大きな木の下に立つ。爽汰のスマホが木を見上げた。

「CM作りたいって言っただろ？」

「うん」

「その練習」

「こんなところで？」

「うん、こんなところだから」

爽汰が撮っているのは、もうだいぶ年季が入ってきたマンションとその敷地だ。なにか特別なものがあるとは思えない。

「カメラマンになるんだっけ」

今撮ったばかりの動画を確認している爽汰に訊ねた。さっきから質問ばかりだ。でも黙っていると胸が詰まって息苦しくて、私の口は勝手に開いた。

「違う、ＣＭプランナー。カメラの才能はまったくない。でもどんなものにしたいかっていうでき上がりの理想はある」

「そうなんだ」

「カメラの腕前はひどいけど。今作りたいのを撮ってＣＭっぽく編集してみようかなと思って」

そう言って笑う爽汰の表情は眩しい。直視できないほどに。だから私は未来の小さな約束が欲しくなった。

「でき上がったら見てみたい」

「うん、いいよ。――じゃあ次に行こう」

爽汰は軽く言って、また歩きだしたから、私も慌てて追いかけた。

なんの変哲もない私たちの住処を抜けて、近くの道を歩く。慣れた道を迷いなく進んで、私たちの通っていた幼稚園や小学校なんかに入ったりもした。

きっと東京に行く前に、地元の様子を撮っておきたくなったのだと理解した。

私たちにとっての日常が、いつもの風景が、これから爽汰にとっては〝懐かしい思い出〟に変わっていくのだと思うと、胸がぎゅっと痛んだけれど。

私は夕方になるまで爽汰の日常辿《たど》りに付き合った。


「めっちゃ歩いたね」

私たちは公園に戻ってきていた。夕日に染まった公園にはもう誰もいない。

ベンチにふたりで座って、帰り道に買ったミルクティーの缶で手のひらを温める。

「付き合ってくれてありがと。俺も忘れてた場所に行けたわ」

「私たちの思い出のリトミック教室を忘れてはいけません」

「はは。いい映像ができそう」

今日撮影した動画を眺めながら満足げにはにかむ爽汰を見ると、劣等感がうずいて直視できずにうつむいた。

「爽汰は夢があってすごいな」

「さくらだってあるだろ、看護師」

「私のは……夢っていうのかな」

爽汰の夢を眩しく思うほどに、私の言葉はどんどんしぼんでいく。冷たい風が身体を冷やすから、ミルクティーの缶を握りしめた。

「看護師になりたいって夢じゃないの？」

「うーん……お母さんが手に職をつけなさい、国家資格を取ってって言うから、消去法だよ」

あ、愚痴っぽくなってしまってたかな。気を遣わせてしまうかもと思って、顔を上げる。

――なぜか、爽汰はスマホを私に向けている。

「ちょっと、なんで撮ってるの」

「今日さくら撮るの忘れてたと思って」

抗議の声をあげると、爽汰はいたずらっこの笑みをこぼしながらスマホを確認している。

「このタイミング？」

「ごめんごめん。でも今撮りたくなっちゃって」

「もう」

でも、場の空気はいくらか明るくなる。私だってシリアスな雰囲気にしたいわけではないし、言わなければよかったと思ったのだ。

「さくらの看護師も夢だと思うけど？」

「でも、爽汰とは違うよ。こうやって好きなことを見つけて……すごいよ」

せっかく明るい会話に戻ったのに、私の口から出てくるのは後ろ向きな言葉だった。

爽汰の隣に並んでいるのが少し恥ずかしくなるほどに。

「俺は昔見たＣＭに憧れて、そういうの作りたいだけ」

「それがすごくない？　自分だけの好きなものを見つけて、夢にできる人ってなかなかいないよ」

「えー？　それならさくらのだって夢じゃん」

さらっとした言葉は、私を気遣ったようには聞こえない。

「さくら、子供の頃からずっと看護師になりたいって言ってたよ」

爽汰は昔を思い出すように、少しだけ遠くを見た。

「子供って……中学生の頃ね」

軽く笑って返事をすると、爽汰はきょとんとした表情でこちらを見る。

「いや、幼稚園児の時から」

「えっ？」

「いっつもお医者さんごっこやらされてさ。でもさくらはいつも看護師なの、俺は患者。医者不在」

爽汰は懐かしそうに笑った。――まったく記憶のない遊びだ。いや、かすかに記憶がよみがえる。

そういえば白いワンピースを着て、『看護師さん！』なんて言っていたかもしれない。爽汰の足をタオルでぐるぐる巻きにしている写真も残っていた気がする。あれはきっと包帯を巻く真似事をしていたのだ。

私が思い出したことに気づいたのか、爽汰の目尻が下がる。

「その時はまだおばさんは看護師に復帰してなかったけど、元看護師ってことはさくら知ってて。お母さんみたいな看護師になるってずっと言ってたよ」

「…………」

「だから、俺と変わらんくない？　憧れのものがあって、それを目指す。夢ってみんなそんなもんだろ。高尚なもんじゃないよ」

そう言われて思い出す。一番初めの小さな憧れを。

お父さんが教えてくれたんだ。私たちを産む前、お母さんは看護師だったことを。

熱を出して寝込んだ日、私の頬に冷たい手を当て続けてくれたお母さん。お母さんは看護師だからこんなに安心するんだ、そんなことを思ったかすかな記憶がある。

それは看護師だからではなく、母だからだと今ならわかるけれど、その時は看護師ってすごい！って根拠もなく思ったんだっけ。

きっとお母さんはこうやって患者の心を励ましていたのだと、そんな風に感じた。熱を出して病院に行くたびに優しい笑顔を向けてくれる看護師に母を重ねた。

心細い気持ちを、掬って温める。そんな看護師に憧れたのかも。

爽汰は私をじっと見ると、「さくらは、頭でっかちに考えすぎなんだって」と笑った。そして自分の巻いていたマフラーを取って、私の首にぐるぐると巻いていく。

「ありがとう」

冷えていた首が温まったからか、爽汰の体温が残っていたからか、胸まで熱くなって、なぜか泣きたくなった。

「あ、また撮ってる！」

「いい顔してたからなー」

「不意打ち反対！」

爽汰と別れて玄関の扉を開くと、煮物の匂いがする。「ただいま」と小さく声をかけると「おかえりー」と奥から声が聞こえた。

リビングに向かうと、やはりお母さんがキッチンで夕食の準備をしていた。

テレビは録画していた医療ドラマを流している。緊迫した手術のシーンだ。

「お母さんって一回辞めるまではオペ室の看護師だったんだっけ」

リビングから対面キッチンの中にいるお母さんに話しかける。煮物の味見をしていたお母さんは火を止めると私に向き直る。

「そうそう」

「じゃあこんな風にメス！って言われて渡してたの？」

「そうよー」

「なんで病棟勤務になったの？」

看護師についてまだ勉強を深めていない私でも、オペ室と病棟では業務内容がまるで違うことを知っている。今まで浮かんだことのない疑問が、ふと沸き上がった。

「うーん。オペ看護師も好きだったけど、病棟勤務もやってみたくなって」

お母さんが玉ねぎのスライスを始めて、トントンと規則的な音が心地よく響く。

「小学校……低学年くらいだったかなあ？　さくらが言ってくれたのよ。私もお母さんみたいになりたいって」

「私が？」

お医者さんごっこに続いて、またしても記憶のないことだった。私の表情を見てお母さんは小さく笑う。

「うん。インフルエンザをこじらせてしばらく熱が続いてたの。看病してたら『お母さんはやっぱりすごい看護師さんだ。入院してもお母さんがいたら安心。さくらもお母さんみたいな看護師さんになる』って」

過去を振り返るお母さんの眼差しは優しい。

そういえばそんなこともあったような、なかったような。ほとんどない記憶ばかりだ。

「それ聞いて病棟も経験してみたいなあと思って。職場復帰した時はブランクもあったし、オペ室と病棟の違いもあるし、働く病院も違うから、全部一からで。それも今思えばいい経験だったけどね」

「その時、何歳？」

「えー四十歳くらい？」

「すごい」

そうか、新しいことも、夢も、若者だけのものではないんだ。今すぐ探さなくてもいいんだ。突然ふと見つかったり、道が変わったりするものなのかもしれない。

「看護師って大変？」

「志す人に現実を教えるのもなあ」

お母さんは声に笑いを滲《にじ》ませて答えた。

「ふふ」

「今は高齢者が多い病棟だから力仕事はけっこう大変。でもおじいちゃんおばあちゃんってかわいいのよ」

大変だと言うけれど、お母さんの表情は明るくて仕事が本当に好きなのだと伝わる。

「なにかあったの？　大学、不安になった？」

最近かわいかったおじいちゃんのエピソードを話したあとに、お母さんは真面目な顔で訊ねた。珍しい質問をしたから、心配させてしまったみたいだ。

「ううん。逆に楽しみになったの」

それは本心だった。今までお母さんに決められた進路だと思い込んで、〝看護師〟という仕事の中身まで深く考えないようにしていた。お母さんとこんな風に仕事について話すのも初めてだ。今まで、話そうと、知ろうと思わなかっただけだ。

『さくらは、頭でっかちに考えすぎ』爽汰の言葉が浮かんでくる。

自分ひとりだけで考えていても、結局ぐるぐるとその場にいるだけだったんだ。

二月も後半に入り、『#卒業日カレンダー』はまた少し変化を見せていた。

卒業が目前に迫ってきて、自分の意志ではない〝卒業〟が増えてきたのだ。

『#数学から卒業！　就職するし、もう自力で計算なんてしないかも。そう思うと嫌いだったはずなのに寂しいかも』

『#体操服から卒業！　最後の体育が終わったから蛍光グリーンのダサジャージともお別れ』

『#バイトから卒業！　大学は違う県に行くから今日で辞めました。辞めたくなかった。もうすぐこの県からも卒業するの寂しい』

高校生活の終わりが見えてきた。一日ごとに最後の授業が増えていき、さよならするものは毎日いくつもある。

「またひとつ授業が終わったね」

「ありをりはべり、もう二度と使うことなさそう」

古典を卒業したあとに美月は笑った。きっと古語を使う場面なんてそうそうない。

この三年間学んでいたものたちもここでお別れだ。

自分の意志で決別する爽やかな〝卒業〟と違って、過ぎていく日を意識させられる〝卒業〟はどこか寂しい。

いいことも嫌だったことも全部ひっくるめて、卒業したくないことまでも卒業してしまう。時の流れにすべてさらわれて。

――そして〝いつも隣にいる幼馴染〟からも。

爽汰は希望の大学に合格した。もうひと月後には爽汰は上京してしまう。

私が告白をしても、しなくても。幼馴染のままでいたくても、その日が来れば自動的に〝いつも隣にいる幼馴染〟を卒業することになってしまう。

『#卒業日カレンダー』は私と同じように決意できていない人たちの『#告白できない私からの卒業』が増えていた。

卒業前の最後のチャンスとして、弱気な自分から卒業して恋の告白をする。そんな決意がたくさん並んでいた。

私は手帳を開いた。

二月十七日、『夢がない私から卒業』の手書き文字の上に、ブルーの桜のシールが貼ってある。

お母さんと話した夜、私は手帳にそう書いたのだ。

お母さんのせいにして、夢がない、なんて言い訳だった。爽汰の言うように、もっとシンプルに考えてみたくなったんだ。

幼い頃になりたいものだったかもしれないけど、今の私が夢と呼ぶにはまだピンとこないところがある。やっぱりお母さんが『手に職をつけなさい』と言い続けたから、この進路を選んだところが大きいし。

でも今はまだそれでいい。大学に通ってから、ううん、働き始めてからでもいい、十年後でもいい。やりたかったと思う日がきっと来る。もしかしたらそんな日は来ないかもしれない、でもそれでもいいんだ。今はこの道を進んでみたい。

お母さんと話してから、少し考えた。

〝大人が求めるいい子〟像も、私が勝手に決めつけていたところがあるかもって。〝お母さんが求めるいい子〟なんて本当のところはわからないんだから。押し付けられたと思っていた夢だって、私が選んだのだ。

これからも〝大人にとっていい子〟を想定して演じてしまうだろう。だってそういう性格なのだ。しっかり者だと思われると嬉しいし、褒められるのも嬉しい。

でも〝大人が求めるいい子〟の私も、私のひとつで。いろんな側面があってもいいはずだ、そんな風に前向きに思えた。

私だけじゃない。美月だって〝考えすぎてしまう長尾美月〟を隠して、みんなの前では〝いつも楽しくて明るい、悩みなんてない長尾美月〟を見せている。

いつも飄々《ひょうひょう》としている爽汰だってクマを作るくらい陰で必死に勉強をしていた。

誰にだっていろんな側面があって、それはきっと恥ずかしいことでもダメなことでもない。

〝夢がない私から卒業〟はPik Pokには投稿はしていない。やっぱり私は人にあんまり弱さは見せられない。でもそれでもいい気がした。

爽汰の言う通り。考えすぎなくてもいいんだ。

だから、次の決意も全世界に公開はしない。私と、それから爽汰だけが知っていればいいことだから。

深呼吸してから私は手帳を見つめた。真っ白の三月のページを開いて、三月一日の日付欄に書き込んだ。決意がインクペンに乗って現れる。

『幼馴染から卒業』

深いブルーの文字は私を応援してくれているように見えた。

［三月］

あっけなく、その時は終わった。

卒業式はなんでもない日と同じように訪れて、どこか現実味がなく過ぎた。

みんなが泣いたり、笑ったりするのを、他人事《ひとごと》のように見つめている私がいた。

「この制服からも卒業かあ」

「ダサくて嫌いだったのにねえ」

田舎の公立の飾り気のない紺のブレザー。カッターシャツに無地のジャケットとスカート。漫画や雑誌に出てくる制服に憧れて、放課後はカーディガンやパーカーでアレンジしたりしてみたっけ。

嫌いだったはずの制服も、もう袖を通すことがなくなると思うと途端に恋しくなる。

——徐々に教室から人が減っていく。

「じゃあ明日のクラス会で！」

「感動の別れの次の日にクラス会って」

「風情ないよねぇ。変な感じ」

「じゃあまた明日！」

「ばいばーい！」

クラスメイトたちは明るく言葉を交わして、笑顔で別れていく。

だけど、私たちは気づいている。

今日は永遠の別れではない、これからだって友達は続く。でも毎日顔を合わせてどうでもいい話をして、一緒にお弁当を食べて、同じ教科書を開いて同じ授業を受ける、そんな日々はもう二度とないことを。だからそれには気づかないふりをして、笑顔で別れた。

私と美月もカバンを手に取った。三年間相棒だったこのカバンも今日で卒業だ。

「美月さ、私といる日は反省会しなくてもいいよ」

思い切って声をかける。緊張してほんの少し声はこわばった。美月の投稿を見た日から、ずっと言おうと思っていたことだった。だけどずっと伝えられずにいたのは、〝表に出していない側面〟は〝他人に触れられたくない部分〟だと思い込んでいたからだ。

「あ、投稿見た？」

私の緊張に反して、美月はふにゃりとした笑顔を返してくれる。

「うん。私、美月といて嫌な気持ちになったことない。だから反省会する必要ないよ」

「へへ、ありがとう」

美月は照れたように笑ってから、

「さくらもね。私の前ではそんなきっちりしなくていいよ、けっこうバレてるから」

「えっ？」

「さくらってカバンの中身けっこうぐちゃぐちゃだよね」

私たちは顔を見合わせて笑った。嬉しくて、それから卒業が寂しくて、ほんの少し涙が出た。

関係を育て切るには高校三年間じゃとても足りない、あっという間だ。でも、明日からも友達は続いていく。

「じゃあまた明日」

「うん、明日！　またね！」

だから、またね、で別れる。高校生を卒業しても、友達は卒業しない。

美月と別れた私は、爽汰のクラスまでやってきた。

こうやって爽汰を迎えに行くのも、たくさんの人の中から爽汰を見つけるのも、今日で最後だ。

最後だなんて実感はない。最後だったということは、きっとしばらく経《た》ってからじゃないと気づけない。

みんなの中で笑う爽汰を見つける。同じ制服を着た人たちの中に埋もれていても、いつだって爽汰だけがはっきり浮かび上がる。幼馴染だからじゃない。ずっと私は爽汰に憧れて、焦《こ》がれている。

高校生の爽汰を忘れたくなくて。私は目をつむって、頭の中に今の爽汰を焼き付けた。

「あ、さくら」

私に気づいた爽汰が手を振った。そして、私たちは高校生活最後の日常から卒業した。

「終わっちゃったなあ、高校生活」

「卒業しちゃいましたねえ」

校門から続く下り坂をふたりで歩く。ああ、この道をこうしてふたりで通ることももうないんだ。

梅の花が私たちを見送る。その隣にある桜たちが咲き乱れる頃、私がこの門をくぐることはもうないし、爽汰はこの街にいない。

「そういやさくら、全然卒業日カレンダーやってなくない？　三日坊主から卒業できてないな」

しんみりと周りの景色を眺めていた私に、卒業式の寂しさを欠片も感じさせない軽い口調で爽汰は言った。

「三日坊主卒業は美月だから」

「あれ、そうだっけ」

「結局爽汰もやってないでしょ」

「俺はもともと有言実行だから必要ないんだよなあ」

「そうですか」

こうしてどうでもいい会話をするのは……高校生でなくてもできるな。ずっとこんな風にくだらなくて中身のない会話は続けたい。幼馴染でなくなってしまっても。

今日、私は幼馴染を卒業する。

あと四週間で爽汰は東京に行ってしまう。どうしたってもう隣にはいられない。

「寂しいんだろ」

どうやって告白するか考えている私に、爽汰はからかうように言った。

「卒業式泣いた？」

「あ、ああ卒業式ね。なんか現実感なくて、寂しいとも違う気する」

返事ができないままでいた私に、爽汰は続けて質問してきたから慌てて返事をする。

「俺、東京に行ってひとりになってから実感湧いて泣きそー」

軽く呟いた爽汰の言葉に胸がどきんと反応した。東京、という言葉を聞くと、いつも針を刺されたようにちくちくと痛む。

「ひとり暮らしってどんなのかな」

「普通に新生活楽しんでるかも。初めてのひとり暮らし！　都会での生活！」

爽汰は笑っているけど、私はうまく笑えているだろうか。

これから爽汰には新しいことがたくさん待っているのだから、寂しいと思う暇さえないかもしれない。

「さくら、寂しくなってきたな？」

「だって、そりゃ爽汰がいなくなるのは寂しいよ」

気づけばするっと本音が出てしまって、爽汰は少し目を見開いた。

あ、やばい。告白しない方がいいかも。面食らった様子の爽汰の顔を見ると、心にブレーキがかかる。

「……俺さ、さくらに見せたいものがあるんだ」

爽汰は唐突にそう言った。見せたいものってなんだろう。まったく思いつかないでいると、

「ちょっとどっか座るか」

そう言って爽汰は周りをきょろきょろと見渡し、近くの公園を指さした。

平日のお昼時。私たちがやってきた大きめの公園は、小さな子供たちとその親で賑わっている。

いくつかあるベンチのひとつに座る。賑やかな声が響く中で、爽汰はスマホを取り出した。

「こないだの動画、できたんだ」

「三十秒のCM練習のやつ？」

「うん」

爽汰は私の手のひらの上に自分のスマホを置くと、動画を再生した。

ゆるやかな曲が流れる。私たちが中学生の時に流行った卒業ソングだ。お父さんがいなくなった気持ちを重ねて涙したっけ。そんな日も爽汰は隣にいてくれた。

曲と共に映し出されたのはマンションの扉だった。表札には『木崎』と書いてある。

「私の家だ」

動画は歩きだし、いつも私たちが使うエレベーター、マンションのエントランスへと続く。滑り台をゆるやかに下りて、カメラは大きな木を見上げた。

マンションの敷地を出ると、管理された街路樹が並んでいる。いつも私たちが歩いている歩道だ、隣には車がびゅんびゅんと流れていく。

次に映ったのは、マンションから一番近いコンビニ。ここでよくふたりで買い食いをした。暑い日にはアイス、寒い日には中華まんを、何年も。みかんバー、ピザマン、爽汰のお気に入りは何年も変わらない。

それから私が提案したリトミックの教室。先生が個人でやっている教室だから、存在を知らないと普通の住宅にしか見えない。

小学校に繋《つな》がる道を見ていると、爽汰と一緒の通学団だった日々を思い出した。黄色の帽子に鳥のフンを落とされた爽汰が見えてくる。

実感が湧かなかったのに。現実として捉えられていなかったのに。この映像を見ていると、いやでも思い知らされてしまう。

爽汰はこの景色から卒業してしまうのだと。私たちの日常から爽汰だけが卒業してしまう。

涙でぼやけて画面が見えなくなって、私はぎゅっと目をつむった。

「……やだ」

「さくら？」

「爽汰がいなくなったら嫌だ」

考えすぎな私を卒業したら、すごくシンプルな言葉が飛び出てきた。

なにも考えない、飾りのない気持ちは〝爽汰と離れたくない〟だけだ。

爽汰の顔も、スマホの映像ももう見れなくて、目をつむって蓋《ふた》をする。こうしないと感情と涙がこぼれ落ちてしまいそうだったから。

「爽汰と幼馴染じゃなくなっちゃう」

「東京に行っても幼馴染は変わらないよ」

「うん。……でも幼馴染は卒業したい」

「えっ？　なに？　どっち？」

支離滅裂なことを言っている自覚はあったけど、自分でももうわからないのだ。

ずっと隣にいてほしいから幼馴染を卒業したくない。でも、もう幼馴染のままじゃ嫌なんだ。

「爽汰とずっと一緒にいたいけど、幼馴染は卒業したい」

そう呟いた私に、爽汰が押し黙る気配を感じる。

三十秒ほど経ってから、爽汰は「さくら。目開けて」と言った。恐る恐る目を開けると、はにかんだ爽汰がいる。

「動画最後まで見て」

「卒業動画なんてやだ。悲しくなるから」

この動画、泣いちゃうから嫌なんだけど。首を振って抵抗するけど、爽汰は動画を再び再生する。

先ほどギブアップした場面から始まり、小学校のあとは中学校の校舎が、そして先ほど卒業したばかりの高校が映る。

幼稚園からずっと爽汰と一緒にいたことを改めて感じて、積み重ねた思い出の分だけ涙に変わっていく。

そして、教室のあとに映し出されたのは。

「私……？」

いつの間に撮ったのだろう。制服でいつもの道を歩いている私の後ろ姿だった。そして次に現れたのは、先日の夕方の私だ。少し考え込んでいる暗い表情の私がマフラーをぐるぐる巻きにされて笑顔になった。

「これ、卒業動画じゃないよ」

その言葉に爽汰を見上げると、ひどく優しい眼差しで私を見ていた。こんな表情初めて見たかもしれない、まだ知らない爽汰がそこにいた。

「俺が帰ってくる場所を撮った」

「うん。さくらがいるところが俺の帰る場所だから」

「帰ってくる場所……？」

そうか。爽汰も寂しいとは思ってくれているのか。それだけでも充分だ。

「……いつでも帰ってきてね。私もこれ見て寂しさ紛らわす」

「いや、そうじゃなくて」

ゆるく微笑んでいた爽汰は少しだけ慌てた表情になる。

「伝わんないなー。鈍感」

「ええ？　どういうこと？」

戸惑う私と正反対に楽しそうな爽汰は、私の質問に答えてくれない。

「さくらはなんで幼馴染卒業したいの？」

「ええと……わ、わかるでしょ！　鈍感！」

「わかんないから教えて」

その顔は絶対わかっている顔だ。爽汰は口角を上げてこちらを見ている。

「……爽汰のことが好きだからです。幼馴染を卒業して恋人になりたいんです」

もうやけだ。卒業に浮かれて、涙に急かされて、春にそそのかされて。全部吐き出す、想いも涙も。

「俺も！　ずっとそう思ってた！」

爽汰の笑顔と声がパッと咲く。つられて私の涙もまたこぼれ落ちた。

爽汰と、ずっと同じ気持ちだった？　信じられない気持ちで目を瞬かせると、そのたびに涙も落ちる。

「これは俺が俺のために作った動画。遠くにいてもいつでもさくらのもとに一瞬で帰れるように」

気持ちが通じ合えた実感が湧かない私に言い聞かせるように、爽汰はゆっくりと言葉を紡ぐ。

「俺でもひとり暮らしだとやっぱり寂しい時もあるだろうから。でもこれ見るだけで心だけでもここに、さくらのもとに帰ってこれると思って」

私の手の中で、スマホの映像は再生され続けていた。私たちの積み重ねてきた時間が形としてそこにある。今までの時間を大切に思っていたのは、私だけじゃなかった。

嬉しさが滲むけど、これからはどうなるんだろう。もう隣にはいられない。重なっていた日常が、別々のものになっていく。

「あ、また色々考えてるだろ。だから考えすぎなくっていいって。俺は自信があるんだよ、俺たちは大丈夫だって」

私の頬を爽汰は冷たい手で挟み込んで、そのままぐいっと自分の方に私の顔を無理やり導いた。

「でも、やっぱり未来が不確かなのは怖いよ。今までは隣にいたからずっと一緒にいられたけど、離れてたらいつかは別れてしまうかも」

本音を漏らすと、爽汰は「暗っ！」と笑い飛ばす。そう、爽汰はいつもこうやってじっとりとした私の気持ちを乾かしてくれる。

「さくらがそういうことに臆病なのは知ってる。おじさんおばさんのことがあって、永遠なんてない……ってよく言ってたし」

「ちょっと。それ、すごい中二病みたいなんですけど」

小さく抗議すると、爽汰はカバンをゴソゴソと漁《あさ》り始めた。

「事実だし。まあそんなさくらのために俺も買いました」

爽汰が取り出したのは、一冊の紺の手帳だった。三月のページを開くと、三月三十日の欄に『幼馴染卒業』と書いてある。

……『幼馴染卒業』どういう思いで爽汰がそれを書いたのか、今の私は知っている。

「今日じゃないんだ」

手帳に書かれた文字から、爽汰の想いがダイレクトに伝わって。私はふざけた口調で呟くのが精一杯だった。

「今日のことは予想外だった、まさかさくらが告ってくれるとはね〜」

「ニヤニヤするな」

爽汰の腕を軽く叩《たた》くけれど、返ってくるのは嬉しそうな笑みだけだ。

「嬉しいから仕方ない。ちょうどこのあたりに引っ越す予定だし、さくらの誕生日にと思って」

「そ、そう……てか爽汰も卒業日カレンダーやってたんだね」

三月のカレンダーの中に唯一浮かぶ『幼馴染卒業』の文字。爽汰も告白を予定してくれていたと思うと嬉しさより恥ずかしさが勝ってきて、慌てて話を本筋からそらした。

「Pik Pokにはアップしてないけどね」

私はこんなに心かき乱されているのに、爽汰は平然として見える。本当に私のことが好きなの？と思うほどあっさりしていて悔しくなる。

「今から卒業日カレンダー、しようかと思いまして」

そんな私の心情などお構いなしに、爽汰は突然宣言して次のページをめくる。四月はまっさらな状態だ。

そしてカバンからペンを取り出して、そのページの『2024』の『4』の部分をぐりぐりと塗りつぶしてその上に『8』と書いた。

「これで二〇二八年の四月。どこでもいいけど、四月一日でいっか」

そして爽汰は四月一日の欄に『遠距離卒業』と書いた。

「大学の間は遠距離頑張って乗り越えて、四年後に遠距離卒業しよう」

さっきまでふざけていたくせに、そんな真面目な顔で見つめないでほしい。

過去をたくさん積み重ねてきた私たちに、初めて未来の約束ができた。

「でもここで遠距離終われるかな。爽汰、東京で就職するんじゃないの？　私も卒業した大学の病院に勤めないといけないかもしれないし……」

「だからさあ、考えすぎだって。とりあえずの目標なんだから。まあそんなさくらには――」

私のかわいくない言葉を爽汰はまた笑い飛ばして、次は六月のページを開いた。

『2024』のふたつ目の『2』をぐりぐりと塗りつぶして『3』にすると『2034年』になった。

「えーっと、交際期間って十年くらいかな。いや、もうちょい早いのか？　わかんないけど目標だしいっか……」

「交際期間？」

「六月はジューンブライドって言うしな。月末にしとこう」

独り言をいいながら、爽汰はなにかを書き込んでいる。私はその言葉を覗き込んだ。

『6月30日　恋人卒業』

「恋人卒業しちゃうの？」

「うん、恋人卒業して夫婦」

「ふうふ!?」

恋人になれた実感すらまだないのに、夫婦という響きはあまりにも遠くて間抜けな声が漏れ出た。

「あ、その顔は夫婦も永遠と思ってない顔だろ」

「う、うん」

いや、本当は理解が追いついていないだけだ。嬉しさがまだついてこないくらいに。

「じゃあ、他の卒業日カレンダーも作るかあ」

爽汰は楽しそうな口調で、また新しい未来を書き込んでいく。

『2036年　8月20日　賃貸から卒業！』

「……なにこれ」

「俺、一軒家建てるの夢なんだよな。ほら俺らずっとマンションだったし。だから結婚して二年くらいで賃貸から卒業してマイホームを買う！」

「あはは」

「な？　こうしてちょっとずつ俺らの目標と夢をふたりで見つけて、ふたりで叶えていこうよ」

爽汰が私を見る瞳は優しくて、言葉はすべて私にくれる優しさで。嬉しくて、涙がまたこぼれ落ちる。

「それでも信じられないさくらには」

爽汰が『2024』の『0』をぐりぐり塗りつぶして現れた文字は、『2124年』。

「百年後、『ふたりそろって人生から卒業！』」

「あはは、百年後って」

現実味のない、遠い遠い未来だ。そんな約束がおかしくて、愛しい。

「最終的な目標ってことで。……なんでもいいんだよ。俺ずっとさくらといたいし、永遠は信じなくてもいいから。毎年ふたりのカレンダー買って、ちょっとずつ日にちを埋めていこう」

爽汰は今までたくさんの時間を私にくれた。そして未来のふたりの道も作ろうとしてくれている。ずっと一緒にいる未来を疑いもせずに。

「うん……うん」

目の前にある爽汰の手帳の『2124』が涙で滲んでもう見えない。

「さくらはひとりで考え込むとこあるから、これからも卒業日カレンダーを一緒にやろうよ。俺に腹立つことあったら、俺に卒業してほしいとこ書き込んでいいから」

「どんなこと？」

「例えば『連絡しない爽汰卒業』とか？」

「爽汰マメじゃないもんね、ありえそう」

「努力します」

　ふざけた口調の爽汰がおかしくて、私は声を出して笑った。涙と笑いが交互に訪れる。やっぱり爽汰は私の気持ちを軽くする天才だ。

「とにかく……SNSには載せないふたりだけの約束をふたりで作っていこう」

「うん。私、爽汰のそういうところ大好き」

　私の言葉に爽汰の表情がようやく崩れた。驚いたような、照れたような、困ったような、そんな顔が現れた。今日はたくさん爽汰の初めての顔を見た。

「素直になれない私から卒業したの」

「それは……最高ですね」

　私たちは笑って、ひとまず二〇二四年三月のカレンダーをたくさん埋めた。三十日には、〝同じマンションの幼馴染〟を卒業してしまうから。それまでにたくさん今の思い出を作る。これからもこうやって一ヶ月ずつ過ごしていけばいい。永遠というのは、毎日の積み重ねのことなのかもしれない。

高校生を卒業しても、私の人生はまだまだ続いていく。

きっと嫌いな自分にもたくさん出会わないといけないし、苦手な人にもたくさん出会うだろうし、嫌なことなんて数え切れないくらいあるに違いない。

でも、少しずつ嫌いな自分から卒業して、嫌だと思うことからも卒業して。たまには卒業したくない寂しい別れもあるけど受け入れて。

卒業すればするほど、新しい自分に出会って、新しい場所へ進んでいく。これからずっとその繰り返しだ。

今日の私を卒業して、明日の私に会いに行く。

未完成な世界で今日も

遊野煌

一言で表せば色のない世界。

もう少し長めの文章で書くと、泳ぎ方を忘れて深海の底まで沈んだ魚が、もう二度と戻れない海の上を見上げながら静かに蹲《うずくま》っている様《さま》。

私が生まれた時からずっと当たり前にあると思っていたモノは、ある日を境になくなった。

十八年生きてきて、予想もしていなかった事実と現実に、未熟な私はそれを受け入れることが到底できなかった。

苦しくて、夢が見えなくなって、心が溺れて、色のない海にゆっくり沈んでいった。

誰にも気づかれないまま。

誰にも言えないまま。

ずっと——私の世界は半分だった。

(あと一週間で卒業か……)

ぼんやりと階段を上りながら、私は『里田《さとだ》』と印字されている名札がついたグレーの制服を見つめた。そしていつものように三年二組の教室の前に立つと、騒がしい声が聞こえてくる扉を開ける。

「美波《みなみ》ーっ」

「美波、おっはよー」

私を見てふたりの女子が手を上げた。すぐにそのうちショートカットの女子が私の首元に絡みついてくる。

「わっ、千幸《ちゆき》ちゃん。おはよ」

「う～ん。美波、今日もいい匂いーっ」

丸川《まるかわ》千幸は人懐っこい笑顔を私に向け、もう一度ぎゅっと抱きしめてから私からぱっと離れた。毎朝恒例の千幸の朝の挨拶だ。

私は窓際から二列目の一番後ろの席に座ると、教科書を机にしまった。左隣の席は、三週間前に突然転校してきた〝無愛想な彼〟こと橋本涼我《はしもとりょうが》だ。万人受けするかっこいい見た目ながらどこか近寄りがたく、女子と距離を置いている彼は、塩対応男子として一部の女子たちの間で話題になっている。一方で男子たちの前では明るく、転校してきて間がないとは思えないほどムードメーカー的な存在の彼は、いつもクラスの男子たちの輪の中心にいた。

そんな橋本くんと内気な私には接点も会話も一切ないのだが、隣の席の私は気づいたことがひとつだけある。

（橋本くん、今日も遅刻ギリギリだな……どうでもいいけど……）

「美波どうかした？」

「えっ、あ……なんでもない」

私は千幸にそう答えると、遅れて私の席にやってきた、もうひとりの親友に目を向けた。

「ねぇねぇ、ふたりとも！　昨日配信が開始されたアタシの推しの新曲一緒に聴こー」

オシャレ大好きで推し活真っ最中の有馬利菜《ありまりな》が栗色の髪を揺らしながら、スマホを取り出すと、なんでもＪポップ界の新星と呼ばれているアーティストの新曲をTikTokで流し始める。

私はさりげなく机に左の肘をつくと、音が拾いやすいように右耳をスマホの方へ近づけた。教室が騒がしくてところどころ音がくぐもったように聞こえたが、全体の曲の雰囲気は大体わかる。

「どう？」

目をキラキラさせながら推しの新曲の感想を訊《たず》ねる利菜に、先に千幸が口を開いた。

「いいね！　出だしのかけ声から始まって、途中は少し緩めのバラードからのラストに向かってアップテンポ！」

「うんうん、美波は？」

「うん……、全体通して優しい音色で、ところどころの鈴の音色がアクセントになってるね」

「そうなんだよ～。これ今度新しく発売されるチョコレートのＣＭソングに選ばれたらしくて。ってゆうか美波、さすが！　春の関東《かんとう》ピアノ大会の入賞者だけあるね！　鈴の音に気づくなんて」

（よかった……）

私は利菜のその言葉に心から安堵《あんど》する。

「もうっ、利菜～、私の感想も褒めてよ～」

「はいはい、千幸最高！」

「あ、今の適当じゃん」

ふたりの笑い声に私もつられて口角を上げる。そして利菜がふと眉を下げた。

「あーあ、こんなに楽しい高校生活があと一週間で終わっちゃうなんて」

「寂しすぎる～、卒業式の全体で歌う卒業ソング！　あれ歌ったら絶対号泣ー」

千幸の泣き真似を見ながら、利菜が私の肩を叩《たた》いた。

「でもほんと卒業は寂しいけど、アタシ、美波の卒業式のピアノ伴奏楽しみにしてるんだよね」

「あ！　私もー！　すっごく楽しみっ」

「あ、うん……」

「音大行って、もしコンサートとかする時は絶対行くからね」

「うんうん、アタシも聴きに行くっ」

「……ありがとう」

担任の藤元《ふじもと》先生しか知らないが、私は四月からの進学先を音大から一般の私立大にギリギリで変更したのだ。

精一杯の笑みをふたりに向けながら、私は心の中でため息を吐き出した。

チャイムが鳴ると同時にふたりが席に戻っていく。そして今日も遅刻ギリギリでやってきた橋本くんが席に座ると同時に出席確認が行われ、すぐに藤元先生による国語の授業が始まった。

私はそっと自分の左耳に手を当てた。

(……もう一生聞こえないんだな)

半年前から——私には音が半分しかなくなった。

風邪を拗《こじ》らせたことから扁桃腺《へんとうせん》が腫《は》れてしまい、後遺症で両耳の聴力が著しく低下した。右耳の聴力は数日で半分ほどまでには回復したが、左耳に至ってはもう音が完全に聞こえなくなって半年ほど経《た》つ。

医師の話だと大体一ヶ月、遅くとも三カ月以内に聴力は自然と戻ることが多いと言われていたが、私の聴力は戻ることがなかった。

「……であり……となる……」

（先生の話も耳で聞くより、見るようになっちゃったな……）

私は藤元先生の口元をじっと見つめる。私は運動はからきしダメだが、勉強は得意な方なので授業が聞こえなくても問題はない。ただ授業中、当てられる場合もあるため、放課後、密かに図書室で口話についての本を読んで学んでいる。

「……か……て」

（あれ？）

かすかに小さく聞こえてきた、藤元先生ではない声に私は机からはっと顔を上げた。

左隣から無愛想な表情で橋本くんがこちらに向かって小さく口を開いている。

私は音を拾おうと橋本くんに顔を寄せた。

「……なに？」

先生に気づかれないように私は小さな声で聞き返した。

「……消しゴム貸して」

橋本くんがにこりともせずにそう言うと、大きな手のひらを差し出す。

（ほんと……無愛想）

私が顔をじっと見たからだろうか。わずかに橋本くんが眉をひそめた気がした。

（え？　なに？）

「……はい」

私は平然を装いながら筆箱から消しゴムを取り出すと、怪訝《けげん》な顔をした橋本くんの手のひらにそっとのせる。なんだか心臓が嫌な音を立てて、とくとくと少し駆け足になる。

(……耳が聞こえないことバレてないよね)

よく考えれば私が気づくまで、橋本くんが何回も呼びかけていた可能性だってある。

橋本くんは私から消しゴムを受け取ると、間違えたとみられるノートの文字をさっと消した。

「どうも」

そして、ぶっきらぼうな言葉と共に私に消しゴムを返す。

(やっぱり……苦手だな。ありがとうくらい、言えばいいのに)

私は、綺麗《きれい》な顔をしているが愛想のない橋本くんが苦手だ。

(男子とは笑顔でよく話すくせに……最後の席が隣とかハズレだな)

橋本くんはこの時期にはとても珍しく、ちょうど三週間前の二月上旬に転校してきた。

『父の急な転勤で隣の県から越してきました。橋本涼我です。卒業まであと一カ月程ですが、よろしくお願いします』

サラサラの黒髪にくっきりとした二重瞼《まぶた》。前の学校ではサッカーをしていたとかで背が高く、左の耳にはピアスが揺れていた。女子数人の目がハートになっていたことを思い出す。

(何不自由なく、色んなモノに恵まれてて……いいな)

私はありきたりでよくある挨拶に拍手で迎えられていた橋本くんを見ながら、どこか卑屈な気持ちが湧き上がるのを感じた。

音のある世界が当たり前で、聞こえることが普通で、それがある日なくなってしまった私は、以前よりも心が醜くなってしまったように思う。

みんなと同じ普通が一番。

大好きなピアノを続けられたらそれだけでよかったのに。

音が半分しかなくなった私にとって、普通と呼ばれるモノこそがなによりも大切で、そこからはみ出してしまった自分自身はなんだか異質な存在になってしまった気がして苦しくてしょうがなかった。

そして普通と呼ばれる状態でなくなった事実を、誰かに伝えようだなんて考えただけでも心が鉛《なまり》のように重たくなって、いつしか自分を隠し偽ることで自分もみんなと同じ普通なんだと思い込むことに必死だった。

――キーンコーンカーンコーン。

授業終了のチャイムが鳴って、私はため息交じりに国語の教科書を閉じた。

(えっと次の授業は……)

そして、黒板の横に記載されている時間割を確認しようとした時だった。

「……本ー、着替え……ようぜ」

低い声が聞こえてきて左隣に顔を向ければ、同じクラスの宇野《うの》くんがジャージ片手に橋本くんの肩に腕を伸ばした。

「今日持久走とか、ダルっ」

「だよな、俺もキライ」

「てか、橋本見学じゃん」

「あ、そうだったわ」

「おいっ」

宇野くんに痛くない程度に頭をポスンと叩かれながら橋本くんが白い歯を見せてニッと笑った。

(男子の前だと……あんな風に笑うんだ)

私はそんなふたりの姿を見ながら、机の横にかけてあるジャージの入ったカバンを手に持った。

「橋本、放課後、公園でのサッカーどうする?」

「あー、今日もパス」

「そっか、了解っ」

宇野くんはそう言うと、橋本くんの首に腕を回したままそろって教室から出ていく。

（……まだ足治らないんだ）

橋本くんは足を痛めているのか、左足だけ微妙に引きずったような歩き方をしているのだ。

（でもいいじゃない。そのうち治るんなら……）

ふたりが出ていったあとも、なんだかモヤモヤしたモノが私の心の端っこを蝕《むしば》んでいく。

「おーい、美波早くっ」

「おいてくよ〜」

教室の右側の扉から千幸と利菜の大きな声が聞こえて、ふたりに視線を移した私は、

「今行くー」とできるだけ元気よく返事をしてすぐに駆け出した。

「美波、また明日ね！」

「うん、千幸ちゃんまた明日」

「美波ー、まったね〜」

「利菜ちゃん、バイト頑張って」

放課後、いつものように挨拶を交わすと、千幸と利菜が連れ立って教室を出ていく。

千幸はバレエのレッスン、利菜はカラオケボックスのバイトだ。私はふたりを見送ってから教室からふたつ階を上がり、隣の旧校舎にある図書室へと向かった。

(今日も空いてるな……)

私はもともと読書が好きで、ピアノのレッスンの日以外は図書室で日が暮れるまで本を読んでいた。

主に読むのはミステリー小説一択だったが、今は口話の本ばかりだ。聴力が低下してからは、読書を楽しむためというよりも学ぶためにここに来るようになった。

私は読みかけの口話の本を言語の棚から取り出すと、いつものように一番奥の席に座る。図書室の前はガラス張りになっており、運動場と背の高い時計が見える。

(えっと……前回は七十六ページまで読んだっけ)

本当なら借りて帰れば家でも勉強できるのだが、耳が聞こえないことを周りに隠している私は、この本を借りる勇気がどうしても出なかった。

もし誰かに借りるところを見られたりしたら、変な噂《うわさ》を立てられるかもしれない。みんなから哀れまれたり、変に同情されるのはどうしても嫌だった。

聴力を半分失ってから、そんなまだ起こってもない悪い想像ばかりをしては暗い気持ちになって、私は以前よりもさらに内向的になった。

「やっぱ……ラとレの音が読み取りづらいんだよね……」

私は本を眺めながら、静かにため息を吐き出した。

(今度……お母さんが帰ってきたらもう一回聞いてみよ……)

私の母はピアニストをしており、今も公演があれば三百六十五日、日本中《にほんじゅう》を飛び回っている。私が幼い頃から音楽とピアノが大好きなのは、母の影響だろう。

初めて観に行った母のコンサートで、母が煌《きら》びやかなドレスを身に纏《まと》い、その指先から紡ぎ出される繊細なメロディーで観客たちを魅了していたことがとても印象的だった。そして演奏を終えた母に向かって、観客たちが歓喜の拍手を送る光景は、幼かった私にとって衝撃的で、自慢の母になった瞬間だった。

――いつか私も。

そんな風に夢見てピアノに励み音大を目指していた私だったが、もう夢見た世界を実現することは難しいだろう。今まで思い描いてきた未来の景色は意図せず変わってしまった。

「……音大行きたかったな……」

母は聴力の回復を信じて、私をあらゆる病院に連れていってくれた。そして自分ができる限りサポートするからこのまま音大へと言ってくれたが、私はどうしても頷《うなず》くことができなかった。

耳が聞こえにくい私が音大へ行けば、音楽の世界では少し名が知れているピアニストの母の顔に泥を塗るような気がしたし、未来の音楽家を目指して入学してくる同級生たちより、スタート時点からはるかに劣っている気がして前向きになれなかった。

「……最後に卒業式の伴奏だけは……完璧に弾きたい……」

私が卒業式で弾く卒業ソングは、数年前に流行ったJ‐POPの楽曲だ。男性ボーカルが優しいメロディーに合わせて伸びやかに歌い上げているのだが、今度の卒業式では男女にパートを分けて、主に女子生徒が高音のハモリを入れることになっている。

夏休み前に立候補をして、伴奏に指名された時は嬉《うれ》しくてしょうがなかったのに、今は重圧に押しつぶされそうだ。聴力が完璧じゃない故に音を外さないか、歌詞と歌詞の間の微妙な間をうまく空けて、歌いだしに合わせて弾くことができるか不安を数え上げたらキリがない。

「はぁ……」

私は口話の本をさらに数ページめくったが、なんだか気持ちが沈んできてそっと本を閉じた。

「……やっぱ聞こえてないんだ」

――え？

聞き覚えのある低い声に身体がビクンと跳ねる。

私がゆっくり振り返ると、そこには橋本くんが立っていた。

「え……」

橋本くんは真後ろから、私の右側へと移動すると席に腰かけた。

「こっちなら聞こえるんだよね？」

私は目を見開いたまま硬直した。だって卒業式まであと一週間……ここまできたら誰にも知られずに黙って卒業したかったのに。

「あ、里田ごめん。いきなり……こんなこと言われて気に障ったってゆうか驚かせたよな」

「……お願い……言わないで」

「え？」

今度は橋本くんが目を丸くしてからすぐに大きく頷いた。

「別に……俺、誰かに言おうとか思ってないから」

本当かどうかなんてわからないのに、私はとりあえずその言葉を聞けてほっとする。

「じゃあ……これで」

「え！　ちょっと待てよっ」

グイと大きな手のひらで手首を掴《つか》まれて、私は勝手に顔が熱くなる。

「な……に、離してっ」

「ちょ……」

橋本くんがなにを言おうとしているのかはわからない。でも私は今すぐにでもこの場を逃げ出したくてしょうがなかった。

私がこの半年間、誰にも知られないように必死に隠してきたことを、まさか橋本くんに気づかれてしまうなんて。

橋本くんは困ったように眉を下げると、さっきよりもゆっくりとした口調で私に向かって口を開く。

「なんで耳、不自由なの隠してんの？」

（――不自由）

不自由。自由じゃない。自由がきかない。

それはどれも普通を持ってる人が何気なく使いがちな言葉じゃないだろうか。そしてその言葉こそ、無意識に普通である人たちが、私たち、不自由と呼ばれる者をどこか見下している証拠のような気がして、私はそれらの言葉を耳にするだけで心に蓋《ふた》をしたくなってくる。

（なんにも知らないくせに……当たり前に普通を持ってるからって）

今まで誰にも見られないように知られないように、必死に隠してきた心の大事な部分に土足で踏み込まれた気がして、目の奥が熱くなってくる。

(泣くもんか)

「橋本くんには関係ないじゃないっ！」

私は強い口調でそう言い放つと、その場から逃げるようにして立ち去った。

――翌朝、私はいつもより重い気分で下足ホールから教室への階段を上っていく。

昨日はあまり寝られなかったせいもあり、いつもより三十分も早く登校してしまった。

(あ……あとで図書室行かなきゃ)

橋本くんに耳のことがバレて逃げるように帰ったため、読んでいた口話の本を本棚に戻すのを忘れてしまったからだ。

私はまだ電気がついていない教室の扉をガラリと開けた。

「え……っ」

誰もいないと思っていた扉の先では橋本くんがすでに席に座っていて、すぐに私と目が合った。

「……おは……う」

橋本くんが私に向かって挨拶したのがわかった。

私は蚊《か》の鳴くような声で「おはよう」と答えると、それ以上なにも言わずに席に座った。

(なんで……橋本くん……いつも来るの遅いくせに……)

私が机に教科書をしまうのを橋本くんはただじっと眺めている。そして私がすべての教科書をしまい終えたのを見計らって、隣から一冊の本を差し出した。

それは私が昨日、図書室で読んでいた口話の本だ。

「え、これ……」

「昨日はごめん。あと違ったらごめん。里田、この本借りたいけど、みんなにあのコト内緒にしてるから借りれなかった、で合ってる?」

私は橋本くんの行動の意図がわからず困惑する。

橋本くんが困ったように眉を下げた。

「あ、俺さ。昨日その本、徹夜して読破して……ゆっくり口の形に気を付けてなるべく里田の右耳に向かって発声するようにやってみたつもり……だけど、ごめん。急にできるわけないよな」

「どうして……」

橋本くんが二重の目をにこりと細めた。

「あ、やった。ちゃんと伝わってたんだ」

「あ、うん……聞き取りやすいし口の動きも大きくてゆっくりだから……」

「そっか」

橋本くんは照れたように頭をかくと椅子の背もたれに背中を預けて、うんと伸びをした。

「当たり前ってさ……いつもそばにあるからそのありがたみとかってわかんねぇよな」

「……それはどういう意味？　同情？」

私はより正確に声を拾おうと、席に座ったまま橋本くんの方に身体の向きを変えた。

「同情？　そんなわけないじゃん。共感」

（……共感……）

橋本くんはふいに真面目な顔になると、私の方に身体を向ける。そして私の目としっかり目を合わせた。その綺麗な顔立ちに鼓動がひとつ、とくんと跳ねる。

「それも、純粋な共感だから。もし俺もそうだったらとかの想像からの共感とも違うし、家族にそういう人がいるとかで自分のことのように錯覚している人とも違うから。そんなんは混ざりモノのない純粋な共感とは言えないと俺は思ってて」

「えと……もう少し……わかりやすく言ってくれないと橋本くんがなに言ってるのかわかんない」

「あー、ごめん……なんて言ったら里田が気を遣わないかなって思ってさ」

「私が橋本くんに気を遣う？」

怪訝な顔をした私を見ながら、橋本くんは視線を膝の上に落とすと黙った。

私はわけがわからなくなってくる。

でも橋本くんとこうして少しだが会話をしてみると、私の抱いていた〝なんでも持っている無愛想なイケメン〟という、表面的なイメージとは全然違う。もしかしたら私と同じで、特別好意がなくとも異性と話すのが苦手なのかもしれないな、なんてなんとなくそう思った。

「あの……ありがと」

下唇を噛《か》んで考え事をしている橋本くんに向かって、私は小さな勇気を出した。

「えっ？　俺なんかお礼言われるようなことしたっけ？」

「あ、あの……図書室で本借りてきてくれたし……その口話も勉強してくれて……」

「あ、いや。それは俺が昨日突然あんなこと言って、その……気を悪くさせただろ。そのお返しっていうのもあるけど、俺の自身のためでもあるからさ」

「橋本くんのため？　どういうこと？」

「あ……まぁ……うん」

橋本くんが歯切れ悪く返事をして私はますます意味がわからない。だって橋本くんは、間違いなく音のある、普通の世界に住んでいるのだから。

下唇を湿らせながら橋本くんが意を決したように口を開いた、その時だった。

「里田……俺さ……」

「なに？」

──ガラリッ。

宇野くんが教室に入ってきた。

「橋……、おは……う、って早……じゃん……」

私が振り向けば、橋本くんとよくつるんでいる宇野くんが教室に入ってきた。

宇野くんは自分の机にカバンを置くと、ニカッと笑いながら橋本くんに向かって手を上げた。

「おっす、宇野早いじゃん」

すぐに橋本くんも手を上げると、宇野くんに誘われるようにふたりで教室から出ていく。

（……橋本くん……なにを言いかけてたんだろう）

私は首を傾《かし》げながら、千幸たちが教室に来る前に口話の本をしまおうと手に取った。

（あ……これ……）

見れば本には、ところどころに付箋《ふせん》が貼りつけてある。そっと広げてみれば、男の子らしい大きな文字で『ここポイント』とメモ書きがしてある。

（橋本くん……）

私は小さな優しさに、思わずふっと笑うと大事に本をしまった。

結局私は午前中の授業が終わったあとも、特に橋本くんと会話することもなく、千幸たちとお弁当を食べると、五限目の音楽の授業に出席するため音楽室へと移動する。

「ね、私……推し……昨日……ライブ映像見……よ～」

利菜がスマホ片手にウインクする。

「えー、ま……？　って……か廊下じゃん」

千幸が呆《あき》れたように笑うと、利菜が肩をすくめる。私は相槌《あいづち》を打ちながら口元を読むのに一生懸命だ。教室でも聞こえづらいのに廊下では他の生徒もいて、さらに歩きながらだと耳だけで拾うのはほぼ難しい。

「……？　ど……した？」

千幸が心配そうに私を覗《のぞ》き込んで、すぐに利菜も首を傾げた。

「うん……アタシも……心配……んやりし……てるから」

（えっと……）

「もしか……ピア……不安……か？」

ふたりが早口で立て続けに話すため、口元を見ていても読みきれない。

（どうしよう……変な答えできないし……黙ってるわけにも……）

音楽室に向かって階段を上りながら、ふたりの不思議そうな顔に、私は音楽の教科書を持つ手が震えてくる。

（どうしようっ……なにか言わないと……）

私が唇をきゅっと噛みしめた時だった。

「里田、ピアノのこと最近心配なんだよな！」

ふいにポンと背中に大きな手が伸びてきたかと思えば、橋本くんが私の右の耳元で、大きな声でゆっくりそう言った。

「ちょ……と！　え？　なに？　橋本がなんでいき……入ってくんのよ～」

「もうっ、大きな声……ビックリ……じゃない」

「あーごめん。ちょうど俺、朝活で早く来たら、里田も来ててさ、一生懸命楽譜見て机の上で指の練習してたの見ちゃったし、ってことで」

橋本くんはそれだけ言うと、長い足で私たちを追い越した。

（……橋本くん……助けてくれた？）

階段を上りきれば、すぐに千幸が私をぎゅっと抱きしめた。

「もうっ美波……真面目なんだから～、いつも通りリラックス……美波……大丈夫」

「……千幸ちゃんありがとう」

「美波、ちょっ……手見せて」

言われるがままに手のひらを差し出せば、利菜が私の空いている方の手を握る。

「アタシのどんな時……緊張し……図太い神経分……あげるからね」

すぐに千幸がケラケラ笑う。

「それ大丈夫？　いやでも……る意味最強の御守りかも」

「ふふ、そうだね。利菜ちゃんもありがとう」

「美波なら絶対大丈夫！　アタシたちにと……最高……自慢の大好きな友達だよ」

（自慢で大好き……）

その言葉が嬉しいのに苦しい。

こんなに優しくて私の自慢の友達ふたりに私は自分を偽っている。

でもだって自慢の親友が――ハンデを背負っていると知ったら？　自分たちと違う私にどう接していいか悩ませてしまうかもしれない。

変に気を遣わせてしまうんじゃないだろうか。

私は今まで通り、ふたりとこのままずっと気の置けない関係でいたい。

ずっとずっと友達でいたい。

だから言えない。ふたりにとって自慢の友達である私でありたいから。

（ごめんね……）

私は無邪気なふたりの笑顔を見ながら、込み上げてきそうになる涙をぐっと引っ込めた。

——それからあっという間に、卒業式まであと三日となった。

橋本くんとは隣同士の席とはいえ、あれ以来ふたりきりで話す機会はなく、廊下で助けてくれたお礼も確信がなく言えなかった。

また橋本くんが私になにを言おうとしていたのかも聞く機会がなくて、私はなんだか喉に小骨が刺さったような感覚のまま日々を過ごしていた。

ガラリと教室の扉が開いて、いつものように藤元先生が入ってきて授業が始まる。

机の中から国語の教科書を取り出していると、橋本くんが借りてくれた本が目に入った。私は昨日ようやく、この本を最後まで読み終わったのだ。

私はそっと目だけで左隣を見た。橋本くんは授業そっちのけで、サラサラの黒髪を風に揺らしながら、じっと運動場を眺めている。

(そういえば……橋本くん、結局最後まで体育の授業出てなかったな)

体育の授業は昨日で最後だったが、橋本くんは見学だった。

(……ほんと……整った顔だな)

橋本くんはもともと綺麗な顔をしているだけあって、横顔もアイドル並みに整っている。ただその表情はどこか寂しげで、憂いを秘めているようにも見えた。

――その時だった。

ふいに橋本くんと目が合う。

（あっ……やば）

私はとっさに目を逸《そ》らしてから、なんだか自分が行動を間違えたようなむず痒《がゆ》い気持ちになってくる。

（こっち……見てるよね……）

橋本くんはあきらかに私の方を向いていて、私はどうしたらいいかわからず教科書に視線を移した。

――コロン。

（え？）

左隣から小さく丸められたノートの切れ端が飛んできて、私の教科書の上に転がった。

（えと……）

広げてみれば、文字が書いてある。

『本、読んだ？』

（あ……っ）

私はすぐに自分のノートの端を千切ると慌てて返事を書いて、左隣の机の上へ投げた。

『読んだよ。付箋ありがとう。すごくわかりやすかった。今日、返しておくから』

目の端から橋本くんの様子を窺《うかが》えば、橋本くんが私の返事をじっと見つめているのがわかる。

なぜだか心が騒がしくて落ち着かない。

そしてまた私の机の上にノートの切れ端が飛んでくる。

『返却サンキュー。ピアノ頑張って！　あと、一番の歌い終わりのあとのレの音から始まるとこだけど、その時、俺の方向いてくれたら口話でタイミング合図するから』

私はピアノの伴奏の際、歌い始めのタイミングがイマイチ掴みきれないところがあり、いつもそこを音楽の先生に注意されていたのだ。

(橋本くん……やっぱり)

私は『ありがとう』と返事を書いて、最後に『廊下でもありがとう』と記載した。

先生が黒板に文字を書いているのを見計らって橋本くんの机に向かって投げれば、橋本くんが素早くそれを広げる。そして、ノートを千切りかけた手を止めると私に向かって声を出さずに『どういたしまして』と大きく口を動かした。

その子供みたいな無邪気な笑顔に、私は呼吸を止めると思わず見惚《みと》れていた。

なぜだろう。

不思議と橋本くんの優しさは嫌じゃない。むしろどこかトゲトゲした灰色の感情が丸くなって、夕焼けみたいに温かい気持ちになってくる。

私は精一杯の笑顔を返して頷くと、恥ずかしさを隠すように、そっと黒板へと視線を移した。

──放課後、私は図書室に向かうと、返却ボックスにそっと橋本くんが借りてくれた本を入れた。

（……もうすぐここにも本読みに来れなくなっちゃうんだな……）

もともと読書は好きだったが、この半年間、私はここに置いてある本たちに支えられた部分が大きかった。

まさか耳のことを隠しながら、いかに普通の人と同じ生活をするか、どうしたら周囲に悟られずに済むか、卒業間際にそればかり考えているとは想像もしていなかった。

（はぁ……卒業したらどこか図書館探さないと……大学の図書室は利用するの嫌だし）

私は図書室に本を返すと学校を出て、家へ向かってゆっくり歩いていく。

無機質なアスファルトに自分の影が伸びて、その姿になんだか虚しさが込み上げる。

涙がこぼれないように上を見れば、空はオレンジ色に染まり夕陽はもうすぐお月様とバトンタッチだ。

その時、ふいにスカートのポケットの中に入れていたスマホが震えた。メッセージを確認するとコンサートの遠征を終えた母からだった。

『今日は美波の好きなハンバーグにするから。あと口話についてのいい本が手に入ったから、帰ったら渡すわね』

「お母さん……」

母はもとから優しいが私の聴力が低下してから、もっと優しくなった。でもその優しさがツラい。

母からの優しさを素直に受け取れない私は本当に天邪鬼《あまのじゃく》だと思う。

でも私の音の世界が半分なくなったことで、母にとって私という存在は、将来を有望視されていたピアニストの卵である自慢の娘じゃなくなった気がしてしょうがない。

ほんとはわかってる。

そんなこと、お母さんは思ってないって。

それでも母は心のどこかで私を可哀想な娘だと哀れんでいるんじゃないか、ピアニストになることを諦めざるを得なかった私にがっかりしてるんじゃないかと思うと、胸が苦しくてたまらない。

私はいつしか母が遠征で家にいない間はほっとして、母が帰ってきてから顔を合わせることに心が疲れるようになっていた。

（ちょっとだけ……）

私は立ち止まると、家への道とは反対方向へと歩きだした。

大通りに出て、商店街を抜けると路地をひとつ入り、駅の方へと向かっていく。寄り道できるならどこでもよかったが、普段家と学校の往復しかしていない私は、かかりつけの病院の隣にある神社を目指した。そこは心願成就と病気を治癒してくれることで有名なナントカの神様が祀《まつ》ってあるらしい。

神様など信じていない私は、母に誘われても一度も行ったことがなかった。

（たまには……神頼み……でもしてから帰ろうかな）

この道を歩くのは定期検診で病院を受診して以来一ヶ月ぶりだ。

最後の角を曲がって病院が見えてきた時、私は軽快に歩いていた足を思わず止めた。目の前には同じ学校の制服を身に纏った長身の男の子がサラサラの黒髪を揺らして歩いている。

（あ、橋本くんっ……）

辺りはもう暗くなってきていたが、私はすぐに橋本くんだと気づいた。左脚だけ少し庇《かば》うような独特の歩き方をしていたからだ。

（……今なら……あの時、私になにを話そうとしていたのか聞けるかも）

私は小さくなりつつある橋本くんの後ろ姿を走って追いかけた。

「待って……っ」

カバン片手に一生懸命に腕を振る。体育は得意じゃないため、すぐに息が上がる。

声もしっかり出しているつもりだが、橋本くんは振り向かない。聴力が低下してか
ら自分の声がくぐもって聞こえるため、どのくらいの声量で発声しているのかわから
ないのだ。

(もうちょっと……)

信号が変わりそうになって、私はさらに走るスピードを上げた。

――その時だった。

キキーーーッ!!

左側から勢いよく自転車が走ってくるのが見えて、私はとっさにぎゅっと目をつ
ぶった。

そして暗くなった視界の中で、誰かの腕が私の体をぐっと引き寄せるのを感じた。

「っ……危ないだろっ」

(――え?)

その声にそっと視線を上げると、橋本くんが自転車に乗った学生を睨《にら》んでいた。

「は、橋本くん……」

「あ、里田。大丈夫?」

「うん……」

私と橋本くんが会話をしている間に、私とぶつかりそうになった学生はあっという間に自転車で走り去ってしまった。

「あー……くそ。逃げられた。怪我してない？」

「……………」

橋本くんは私の手を引きながら道路の端へと誘導する。心臓が恐怖で今さらながらドクドクと音を立てる。

「里田？」

「大丈夫……ごめんなさ……」

思った以上に声が震えた。それと同時に橋本くんと繋《つな》いでいる手のひらも震えだした。

「……チャリもスピード出しすぎだったけど、里田も横断歩道はちゃんと周り見て渡れよな？」

「うん……」

音が半分なくなってから、視界の悪くなる夜間にひとりで出歩いたことはなかった。音が半分しかないと、こんなにも歩きづらく怖い思いをすることに初めて気づく。

「あとさ。里田、もしかして俺追いかけてきた？」

「え？　あの……うん」

「なんで？」

「あの。えっと……それは偶然橋本くん見かけて……」

橋本くんが私を見下ろしながら、盛大にため息を吐き出した。

「……俺追いかけて怪我とか困るんだけど……てゆうかさ。里田、今のままじゃ出歩くの危なくない？　特に夜はさ？」

「大、丈夫」

「あのな大丈夫なワケないじゃん！　今だって耳聞こえてたらチャリのタイヤの音とかで気づくけど里田わかんないじゃんっ」

「そんなことないっ！　次はちゃんと周り見るからっ」

少し苛立《いらだ》ちを含んだ橋本くんの声色に、私もつい言葉尻がきつくなる。

「あのさ」

橋本くんが眉間に皺《しわ》を寄せた。そして唇を湿らせてから私をまっすぐに見つめた。

「里田が耳聞こえないのってさ、俺も含めて周りはパッと見じゃわかんないわけ。それってさ、わかんない俺らに、別に耳が聞こえないこと悟ってほしいわけじゃないとは思うけど、里田自身も意識変えたら？　隠さず曝《さら》け出せばいいじゃん？　耳が聞こえないってそんな隠さなきゃいけないこと？」

「なんで……そんなこと……橋本くんに言われなきゃいけないの」

なんだか無性にイライラしてきた私は唇を噛みしめた。

聞こえる人に聞こえない人の気持ちなんてわかんない。わかるはずなんて一生ない。

私はピアノがなによりも生きがいだった。小さな頃から努力して培った絶対音感も、母を超えるピアニストになる夢もすべて失った。当たり前に音の世界がある人にお説教されるなんてまっぴらごめんだ。

「俺……これでも里田を心配してんだけど？」

「なにそれ、心配じゃなくて同情でしょ！」

「違う！　もうはっきり言うよ。お前、補聴器つけろよ！」

「……っ！」

補聴器という言葉に一瞬、心がどきりとする。補聴器に頼るのは、耳が不自由なんだと自分を肯定する象徴に思えて、私は医師や両親から言われても頑《かたく》なに拒否してきた。

だってみんなと同じ普通でいたいから。

みんなと同じ音が聞こえているフリをしていたいから。

――誰からも可哀想だなんて思われたくない。

「なぁ、里田」

「嫌っ……絶対嫌っ！」

耳の聞こえる橋本くんから補聴器を勧められて悔しいのか惨めなのかわからない。ただただ悲しくて、今からでもどうにか耳が聞こえるようになればいいのになんて、あり得ない想像まで浮かんでくる。

「……うっ……ひっく……」

「…………」

こんなにも感情を露《あら》わにして誰かにぶつけるのも、他人《ひと》の前でここまで泣くのも初めてだった。

橋本くんは私にそっとハンカチを差し出した。

「ごめん。俺も……言いすぎたよな。里田のしんどいのは里田にしかわかんないのに。──これ使って」

「……あ、りがと……ぐす……」

私は辛うじてお礼を口にすると、ハンカチを両目にぐっと押し当てた。

「……里田、まだ時間ある？」

「……え？」

「ちょっと付き合って」

そう言うと橋本くんは、まだハンカチで目元を拭っている私の手を引いて歩きだした。

橋本くんが連れてきてくれたのは、私のかかりつけの病院のすぐ隣にある神社だった。

「ここ……」

「うん、里田知ってる？　病気平癒と心願成就を司る神様を祀ってる神社なんだけど」

私は静かに頷いた。

「橋本くんはよく来るの？」

「まあね」

そして橋本くんが慣れた様子でお参りをするのを見ながら私もそっと手を合わせた。

境内の木々が揺れて、風の音がかすかに右耳から聞こえてくる。参拝の時間にしては遅く境内に誰もいないからだろう。久しぶりに自然の音を感じた気がした。

「……ここの神社の神様、マジで願い事聞いてくれるから、里田のことお願いしといてやった」

「え……私のこと……神様にお願いしてくれたの？」

「うん、いつもは脚のことで病院通ってるからお礼参りなんだけど……今日は久々にお願い事したわ」

「あの……」

「ん？　どした？」

私はスカートを握りしめながら、小さく口を開いた。

「なにを……お願いしてくれたの……？」

だってもう、いくら神様にお願いしたって、私の聴力が完全に戻ることはない。それくらいわかってる。

橋本くんは自身の首に手のひらを当てながら照れたように笑った。

「……里田から、もうこれ以上音を取らないでやってくれって。あと里田が……もっと自分に自信もって……ちゃんと笑えますようにって」

「え……」

私は橋本くんの言葉を反芻《はんすう》する。私は聴力が低下してからいつも相手の言葉を拾うことばかりに気を取られて神経をすり減らし、何気ない会話も楽しめなくなっていた。笑顔だってその場に沿うように作り笑いに必死だった。

「橋本くん……なんで……わかるの？」

「……俺もそうだったから」

「え？　橋本くん……も？」

「そう。里田と同じで不自由で、他人よりも未完成な世界で未完成な自分を生きてる」

思わず首を傾げた私を見ながら、橋本くんが自身の左脚のズボンをまくり上げた。

(——っ)

その瞬間、私は声を失っていた。

橋本くんの左脚の膝から下は、たしかに脚はついているのだが、無機質なペールオレンジの色で血が通ってないのがわかる。そして膝に継ぎ目があって、それが義足と呼ばれるものだとすぐに気づいた。

「……ごめん、ビックリしたよな」

「あの……私……」

突然のことでうまく言葉が出てこない。なんでも持ってると思っていた橋本くんが自分と同じように普通じゃないことに戸惑ってしまう。

「ちょっと前にさ、里田から耳が聞こえないから同情してんのって聞かれて……俺、脚のこと言おうかどうか迷ってさ。結局、宇野が来て言えなかったけど」

橋本くんはまくり上げていたズボンの裾を直しながら「よっこらしょっと」と石階段に座った。私も橋本くんの左側に腰を下ろした。

「……ごめんなさい……私、橋本くんにひどいこといっぱい言っちゃった」

「別にいいよ。俺も病気で……脚切らなきゃいけなくなって……サッカーできなくなってさ。ほんと親に散々当たり散らしたし……サッカー部の仲間にもなんか卑屈な態度取っちゃって嫌な感じだったしさ」

「あの……じゃあ転校してきたのって……本当は……前の学校が嫌に……」

「ううん。父さんの転勤はほんと。で、この神社の隣の病院さ、リハビリと義足のトレーニングに定評あるんだ。大学もこの辺りに決まってるし、タイミング的にちょうどよかったから。もう少しで義足つけたままサッカーもできそうだしな」

「そうだったんだ」

「うん。あ、ちなみに義足のこと、俺は隠してないから」

「え？」

「宇野含め、クラスの男子は知ってる。体操服着替える時バレバレだし、転校してきて最初の体育の授業の時に更衣室で言った」

「えっ……嘘《うそ》っ」

驚いた私を見ながら橋本くんがケラケラ笑った。

「なに？　そもそもさー、俺が義足ですってわざわざ教室で言いふらすような奴《やつ》、クラスにいると思う？　ただこさ。転校してきた時の挨拶ではあえて言わなかったんだよね。卒業まで少しの間だし、特に……女子には言わなくていっかと思ってさ……」

「ん？」

不思議そうな顔をした私に向かって、橋本くんが少しだけ頬を染めた。

「あー、なんかかっこ悪ぃな……。えっと、女子にはわざわざ言うほどのことでもないだろ？　服で隠れてるけど、ここにホクロありますと同じっていうかさ……」

「そこ同じ？」

思わず突っ込みを入れた私に、橋本くんが眉を下げる。

「いや、えっと俺も一応お年頃なんで、その……ようは変な男のプライドってやつ。男ってバカだから女子にはモテたいし自分をよく見せたい生き物っつーか。ま、そんな感じ……」

「あの、もしかして……橋本くん女の子と話すの……苦手、だったりとか？」

「え？　まぁ、どっちかといえば……緊張するかな。マジで男といた方が楽だし……里田くらいだよ、学校以外で女子とこんなしゃべったの」

「あの……その……わ、私もだから……男の子とふたりきりで話すの……」

「あ、そう、なんだ……」

ぎこちなく鼻を啜《すす》った橋本くんと目が合って、私は思わずふっと笑った。

そして橋本くんは夜空をもう一度見上げてから私の方に向き直ると、私をまっすぐに見つめた。その真剣な表情に心音が無意識に加速していく。

「……なぁ、里田。こっから真面目な話だけど」

「うん……」

「俺も……義足の自分、受け入れるまですげぇ悩んだし、マジでしんどかったけどさ……耳が聞こえても聞こえなくても里田は里田だと思うんだ……そのことで自分を卑下したりさ、他の普通って呼ばれる奴らに里田が無理やり合わせたりしなくてもいいんじゃない？」

「さっきの……補聴器の……話？」

「うん。俺は不自由な足の代わりに義足使って助けてもらってる。里田も耳が聞こえない分を補聴器に助けてもらえばいいじゃん。そりゃ、他人から同情や可哀想って思われて助けてもらうのは嫌だけどさ、義足や補聴器って自分のために自分で選べる助けだろ？」

「でも……」

まだだ。まだ勇気が出ない。こんなに橋本くんが私のために自分をさらけ出して、心の中をありのまま話してくれているのにまだ踏み出せない。

「不自由で……未完成な世界の住人でもいいじゃん」

「え？」

「普通とは呼べない未完成な俺らを誰もバカにする権利なんてないし、ましてや当たり前の普通の世界に住んでる奴らから可哀想だなんて思われたくもないしな。そんなん言う奴、勝手に言ってろって感じだろ。俺らが未完成な世界を楽しまなくてどーすんの？」

「……なんでそんなに強いの？」

橋本くんが大きな二重の目をにこりと細めた。

「俺なんか強くないよ。俺だって人並みに落ち込んだし、泣いたし、なんで俺なんだって悔しかった。でもさ、そうやって蹲っててもなんも変わんないんだって思ってさ」

「……うん……」

「……前の学校の友達がさ、俺が義足のリハビリ頑張ってる時に、大学でもサッカーできるとこ探してくれたんだ。もちろんハンデを抱えた奴らばっかりが集まるチームなんだけどさ。俺も頑張るからお前も頑張れって！　オリンピックの夢諦めんなよって本気で叱ってくれた。それがすっげぇ嬉しかった」

私は目をキラキラさせながら自分の話をする橋本くんから目が離せない。

「だから俺も里田が読んでた口話の本、読んでみたんだ。チームメイトに聴力にハンデ抱えた奴もいるかもだろ？」

「それで……橋本くんもあの本を……だから橋本くんのためって言ったんだね」

橋本くんが私の言葉に大きく頷いた。

「俺、絶対オリンピック選手になるから！　必ず夢を叶えるんだって、そう強く思った瞬間さ、自分のこと可哀想で残念で不幸な奴だなんて思ってたのは、自分の弱い心のせいだったんだなってようやく気づいたんだ」

「……………」

「憑《つ》き物が落ちるって、多分こういうこと言うのな」

橋本くんが形のいい唇を持ち上げる。

「里田も……補聴器に手伝ってもらえばいいじゃん。そうすれば変わるよ。世界がさ。未完成な世界でもきっと好きになるよ。ありのままの未完成な自分を好きになるように」

（ありのままの未完成な私を……好きに……）

「里田は大丈夫」

そう言って、橋本くんの大きな手のひらが私の背中にポンと触れた瞬間。

とくん――と命の音が聞こえた気がした。

心臓の鼓動に重なるように、命が時を刻むように、たしかに私の鼓膜の奥底から音が生まれて鼓膜を震わせた気がした。

「私……できるかな……」

「里田ならできるよ」

「でも……千幸ちゃんや利菜ちゃんがどんな反応するのか……怖い」

「その心配なら絶対大丈夫！」

「え？」

「きっと丸川さんも有馬さんも里田のありのままを受け止めてくれるって。なんにも変わらない。数週間しか見てない俺でもわかるんだから間違いないって！　三人は親友だろ！」

橋本くんがニッと笑うと自身の右の拳《こぶし》を突き出した。

「ってことで、はい」

「え……？」

「サッカーではゴール決めた時にやるんだよね。グータッチってやつ」

私は恐る恐る左の拳を突き出すと、橋本くんの拳にそっと重ねた。

「よし、里田！　卒業式まであと三日だかんな！」

「うんっ」

橋本くんにまぶしいほどの笑顔を向けられて、気づけば私も微笑み返していた。

耳がよく聞こえなくなってから、ちゃんと笑ったのは久しぶりだった。

「あっ。俺、里田の笑った顔初めて見たかも」

「えっ……そう、かな……」

「うん、そっちの方が……」

その時、びゅうっと夜風が吹いて私の長い黒髪が巻き上がる。風の音で言葉の語尾が聞き取れなくてとっさに見上げると、橋本くんはなぜだか頬を染めていた。

「橋本くん、あの」

「あ……じゃあ、帰ろ。送ってく」

橋本くんが立ち上がり、私たちは石階段を並んで下りていく。

――うん、そっちの方が……かわいいよ。

私の聞き間違いだったのだろうか。橋本くんの唇は動いていないのに、どこからか吹いてきた風に乗って、そんな言葉が聞こえた気がした。

そして迎えた卒業式の朝――私は今までの不自由と呼ばれる私から卒業して、新しい私に生まれ変わった。

真新しいそれを耳につけた瞬間、窓から吹き込む風の音をはじめ、今まで不確かだった様々な音が鮮明に生き生きと命を奏でるように頭に流れ込んできた。忘れかけていたたくさんの生きた音に、私は生まれて初めて母のピアノを聴いた時のような深い感動が沸き上がった。そしてまるで自分が自分じゃないかのように気分が高揚した。

「美波ー、卒業式遅刻しちゃうわよ」

階段の下から聞こえてきた母の声に私は「もうすぐ行くー」と明るく返事をした。

そして、私はスカートのポケットの中からスマホを取り出すと、千幸と利菜との三人のグループLINEを開いた。

昨日の夜、ついに私はふたりに聴力の低下について記載したメッセージを送ったのだ。あんなにひたすら隠し続けていた秘密だったのに、補聴器をつけたときと同じでふたりにメッセージを送ってしまえば、なんてことない清々しい気持ちになった。

だって千幸と利菜はそんなことで私の親友をやめたりしない。

私のことを可哀そうだと変に同情したり、普通じゃないからと距離を置いたりもしない。

それなのに勝手に悪い想像をして、勝手に隠さなきゃと思い込んで、ずっと殻に閉じこもっていたのは――弱い自分の心のせいだったと気づいたから。

私は千幸と利菜に今から送る、高校生最後のメッセージを入力すると目でなぞった。

――『新しい私にご注目！　ヒント髪と耳』

「うん、いい感じ！」

私はそのメッセージをお気に入りのウサギの絵文字と共に送信すると、最後にもう一度、姿見の前でくるんと回ってから元気よく家を出発した。

生まれ変わった自分に少し気恥ずかしさを覚えながら、私は卒業式の日なのにあえて時間ギリギリに登校した。理由は橋本くんにどうしても伝えたいことがあったから。

（あれ？　まだ来てない？）

三年二組の靴箱にまだ橋本くんの上履きがあることを確認しながら、私はスニーカーから上履きに履き替える。

（……しょうがない、ほんとに遅刻しちゃいそうだし、先に行こう）

私はそう思うと仕方なく教室に向かって歩き出した。

すると、後ろから知っている声が私を呼び止めるように聞こえてきた。

「おっす」

鮮明に耳に届いたその声に、私はすぐに振り返る。

「あ、橋本くん、おはよう」

橋本くんは耳下まで切った私の髪と耳につけている補聴器にさっと視線を流すと、すぐに白い歯を見せた。

「いいじゃん。どっちも似合ってる」

（どっちも……）

「えっと……」

顔が熱くなった私を横目に、橋本くんはなんてことない表情で、三年二組の教室に向かって私と並んで歩いていく。

「で、どう？　未完成な世界は？」

「あ、うん。なんだかすごく新鮮で、聞こえてくる音すべてが生きているみたいで……つまんない意地張ってないで補聴器に助けてもらえばよかったなって」

「そっか」

「あの……」

「ん？」

橋本くんの綺麗な顔がこちらに向けられて、心臓がひと跳ねする。

（ちゃんと言わなきゃ……）

自分を偽ることで殻に閉じこもって可哀想な自分を演じていた私に、橋本くんが気づいて手を差し伸べてくれなかったら、きっと卑屈なまま大人になっていたから。もう一度夢を追いかける勇気と自分を変えるキッカケをくれた橋本くんに、私はどうしてもお礼の言葉を伝えたかった。

「里田？　どした？」

「橋本くん……」

「うん」

「ありがとう」

勇気を振り絞って笑顔で言葉にした五文字に、橋本くんが少し驚いたような顔をすると、困ったように笑った。

「どーいたしまして」

そして橋本くんは照れくさそうに頭をガシガシとかいた。

「……っていっても、俺ほぼなんもしてねぇし」

「そんなことないよ。えっと……本当はなにかお礼できたらよかったんだけど、ピアノ伴奏で頭がいっぱいで……ごめんね」

「やっぱ緊張してる？」

「うん……」

「だよな。サッカーと違ってチャンスさえあれば何度でもシュートできるわけじゃないもんな……」

そしてほんの少しの間があって、橋本くんが制服のズボンのポケットからスマホを取り出した。

「今度さ……春休みに友達と遊びでサッカーの試合すんだけどよかったら観に来てよ」

「え、いいの？」

「里田がいいなら。丸川さんたちも誘ってくれていいし、どう？」

「行きたい……」

そう言うと橋本くんは慣れた手つきでスマホを操作する。

「里田のスマホ見せて」

「あ……、はい」

少しだけ震える手でスマホを取り出して橋本くんに画面を見せれば、あっという間にＬＩＮＥに『橋本涼我』と友だち追加がされる。

「それ俺の。また連絡するな」

「えと……うん……」

なんだか自分が自分じゃないみたいだ。それは補聴器のお陰で音が鮮明に聞こえるからじゃなくて……。

「あー里田、試合観に来たら驚くだろうな～」

ふいに発せられた橋本くんの明るい声に私は小首を傾げた。

「えっ、なにに？」

「なにって、俺の神がかったシュート！」

橋本くんがサッカーボールを蹴る真似をしながらニッと笑う。

「神がかってるって自分で言う？」

思わず目を丸くした私に、橋本くんが唇を引き上げた。

「おっけ」

「まあまあ。とにかく俺が蹴った瞬間は瞬き禁止な。蹴ったはずのボールが消えて次の瞬間ゴールネット突き破ってるから」

「ちょっと、それ漫画の見すぎでしょ」

思わず声を出して笑った私を見ながら、橋本くんも子供みたいにケラケラ笑った。

「ってことで緊張ほぐれた？」

（あ……っ）

橋本くんが私の緊張を和らげようと、冗談を言って笑わせてくれたことに遅れて気づく。

「……ありがとう」

「頑張れよ。じゃあ俺先入るな」

橋本くんが教室の扉を開けて中に入っていく背中を見ながら、深呼吸をひとつする。

そして私は大きく口を開けながら教室に入った。

「おはようっ」

元気な声でそう言うと、わざと補聴器が見えるように右耳に髪をかけている私を見て、千幸も利菜も一瞬驚いた顔をした。そしてすぐにふたりそろって私のところへ駆けてくると唇を尖《とが》らせた。

「もう！　昨日もＬＩＮＥしたけど、なんで言ってくれないの？　私、左からばっかり話しかけてたかも」と千幸が半泣きになった。

「アタシも昨日……LINEでは言い出せなかったんだけど……もしかして推しの話やTiK Totばっかで嫌気さしてなかった？　嫌いにならないで？」と真顔で利菜が聞いてきた時は笑った。

「ふたりとも……ずっと隠しててごめんね」

「私こそ、気づいてあげられなくてごめんね」

「アタシもー、こんなに毎日一緒にいたのに……ほんとにごめん」

橋本くんの言う通りだ。やっぱりなんにも変わらない。

私たちはなんだかわからないけど、陽だまりのような優しい気持ちになって、泣き笑いしながら三人で肩を抱き合った。

「そろそろ行くぞ」と藤元先生の声が聞こえてきて、私たちは胸元に花を挿し、卒業式の会場へと向かう。

「美波、ピアノ頑張ってね」

「アタシも応援してるよっ」

「ありがとう」

私は高校生最後のふたりのエールに満面の笑みを返した。

ひんやりとした体育館の端に置かれたピアノの鍵盤にそっと指をのせる。私以外の卒業生は全員、舞台の上で静かに呼吸を整えながら、その時を待っている。

（大丈夫、大丈夫……）

何百回もこの日のために練習してきたのにやっぱり本番だと思うと足が震えてくる。私は大きく深呼吸すると、舞台の上の卒業生たちにもう一度視線を向けた。すぐに千幸と利菜と目が合ってふたりが大きく頷くのが見えた。そして背の高い橋本くんの姿が目に入る。

（あ……っ）

――がんばれ。

橋本くんが口話でそう言うと、まっすぐに前を見つめた。その澄んだ力強い眼差しに私は最後の最後まで橋本くんに勇気をもらう。

（ありがとう……）

私は鍵盤にのせた指先に力を込める。これからの未完成な世界の未来が希望に満ち溢《あふ》れていることを願いながら、私は頭の中を空っぽにして音を紡いでいく。

さっきまであんなに緊張していたのにひとたび音を紡ぎ出せば、頭の中の音符たちが競うように笑うように指先を通じて溢れ出ていく。心も指も躍る。気持ちが高鳴る。こんな風に一心不乱にただただ楽しくて夢中でピアノに向かうのはいつぶりだろうか。

私は鼓膜にはっきりと生きた音を感じながら、心まで優しく満たされていくのを感じていた。

(間奏は落ち着いて……歌い始めに合わせて滑らかに……)

伸びやかで空まで届きそうな女子生徒の高音と、穏やかで心地よい男子生徒の低音。さらに私から生み出される軽やかな音がダンスを踊るように手と手を取り合って、ひとつになって会場を包み込んでいく。

そして私が最後の音を弾き終わり、視線を上げれば今まで聞いたことがない大きな拍手が会場に響き渡った。

(やった……)

私は卒業生たちの晴れ晴れとした表情に胸が熱くなる。会場の隅で父と母が何度もハンカチで涙を拭っているのを見つけると、我慢していた涙が目から溢れ出した。

私は深々とお辞儀をすると、心からの笑顔で会場の拍手に応えた。

「こら、千幸いい加減泣きやみなよ～」

卒業ソングを号泣しながら歌い、千幸と同じく見事にマスカラが落ちた顔の利菜が呆れたように千幸にハンカチを差し出す。

「だって～。美波のピアノも完璧ですっごく感動だったし」

「うん。ほんと、さすが美波！　アタシも親友として鼻が高い」

「ちょっと、利菜ずるい～私が先に美波褒めたのに」

いつものように千幸が頬を膨らませる。ふたりのこんなやり取りも最後だと思うとやっぱり寂しい。

「ね。美波、また大学行ってもピアノ聴かせて？」

「あ、アタシも」

「もちろん、来年音大受け直すから」

私は母と相談して、春からは予定通り私立大に通いながら、来年は音大を受験することに決めた。明日からまた母と二人三脚でピアノ漬けの日々だ。

「絶対の絶対に！　美波なら大丈夫！　アタシが保証する！」

「私も！　いっつも美波の味方だよ」

「ふたりとも、いつも本当にありがとう。これからもずっと親友でいてね」

千幸と利菜がふたりそろって「もちろんっ！」と満面の笑みを見せる。

「じゃあ行きますか～」

利菜のおどけた声を合図に私たちは運動場を目指して階段を下りていく。校舎をバックに三人で卒業の記念撮影をするためだ。

「じゃあ、撮るよ〜」

利菜が自撮り棒を高く上げるのを見て、私たちは卒業証書を片手に顔を寄せ合った。

すぐに利菜が声を張り上げる。

「さんっ……」

カメラを向けられた私は、利菜のかけ声がより鮮明に聞こえるように右耳に髪をかけた。

──今日は私のもうひとつの卒業式だ。それは臆病だった自分からの卒業。

これからは未完成な自分を愛おしく思いながら、この未完成な世界で生きていく。

「にーっ……」

利菜の声に重ねられた千幸の声に合わせるように私も大きく口を開ける。

「……いちっ、卒業おめでとうっ!!」

軽やかなシャッターの音が鳴り響き、私たちはしばらく笑い合った。

──そして。

ふと聞こえてきた無邪気な声に振り返れば、制服のズボンをまくり上げて友達と泥んこになりながら、サッカーボールを追いかける彼の姿が見えた。

桜の樹の下の幽霊　時枝リク

「早く卒業したい……」

「なんで？」

「そりゃあ君がいるからでしょ」

私はじとりと隣に目をやる。学ラン姿の彼は、自分がその原因だと言われているにもかかわらず、関係なさそうににこにこ楽しそうな笑顔を私に返した。ムカついたのでじっと睨《にら》み返してやる。

「まぁまぁ。といってもあと一年もないんだから。そんなの瞬きの間のことだよ」

「君にはね！　でも私はこのままなにもない日々を過ごすなんて嫌なの……早く次に進みたい」

「なんで？」

「彼氏が欲しいの！　知ってるくせに言わないで！」

つい声を荒らげてしまうと、「えー、怖ーい」なんて、彼は笑ってみせる。からかわれているのだ。自分のせいで私がここにいることになってるのはわかってるくせに、しらばっくれた態度でかわいこぶる姿に心底腹が立った。

彼からしたら、なにも変わらない時間がずっと流れていくことになんてもう慣れっこかもしれないけれど、私は違う。私はもう、この無駄な時間を早く終わりにしたくて仕方がないのに、ひとりは寂しいからと彼は私をここに縛りつける。

卒業まで一緒にいると約束したのは一年生の頃。今はもうその時と状況が違う。

「まぁまぁ。彼氏なんていつだってできるよ、いつの世だって若者の悩みの大半はそれなんだから」

「でも今のままじゃ絶対にできないよ、君としかいないんだから」

「じゃあ俺にするのはどう？」

「そしたら私は一生ここにいることになるんでしょ？　それじゃ意味ないってわかってるくせにそういう冗談言うのやめて。おもしろくないから」

きっぱりと断ると、むすっとした顔で彼は、「だったら残りの時間くらい俺にくれたっていいじゃない」と、尖《とが》らせた唇で子供みたいに言う。

そんな彼の姿に、この人は今も昔もずっとこんな感じなのだろうなと、知らない彼の昔の姿に想いを馳《は》せた。きっとみんなこのギャップに驚いただろうし、心奪われた女の子は多かったのだろうなと。

私が彼と初めて出会ったのは、今から二年前の高校に入学した次の日のこと。まだ校内の造りをわかっていない私がうっかり迷子になって、辿《たど》り着いたのがこの桜の樹の下にあるベンチ。そこに静かに座っている彼に助けてもらおうと、勇気を出して声をかけたことがきっかけだった。

じっと桜の花びらを眺める彼の横顔はどこか儚《はかな》げで透き通った美しさがあり、

きっと物静かな人なんだろうなという印象を抱いたのを覚えている。だからこんな校舎から離れたところにある、人の寄りつかないベンチにひとりで座っているのかと。

でも実際には子供っぽくて懐っこい、寂しがり屋で甘えたな人だと今ならわかっているから、第一印象とは当てにならないものだと知ることとなった。

「でも〝残りの時間を俺にくれ〟って言うけどさ、君はいつまでここにいるつもりなの？」

「そりゃあ、やりたいことをやりきるまで？」

「やりたいことって？」

「わかってたらきっと君と出会えてないよ。でも、君と出会えたからよかったな。今は毎日が楽しい」

「…………」

なんて、彼は言うけれど。

「……どうせ私がいなくなったあとも、また違う人のそばにいるんでしょ」

だって寂しがりな彼のことだ。私がいなくなったら次は別の人を探すのだ。そして、同じやり取りをまたその人と繰り返し、私のことなんて綺麗《きれい》さっぱり忘れてしまうのだろう。彼は、過去をすっかり忘れてしまう人だから。

「とにかく、お互いに悔いの残らないようにしようね」

キンコンカンコンと予鈴が鳴り、私はベンチから立ち上がった。

あと一年もないとはいえ、私はまだこの学校の生徒なのだ。きちんと授業に出て、最後の高校生活を過ごしたいと思っている。

「じゃあまた明日」

そして私は教室へと向かい、彼はベンチから私を見送った。

これが私たちの毎日のやり取り。私は授業を受けて、休み時間にこのベンチで彼と話す。彼はそんな私をずっとここで待っていて、私とのこの時間を楽しみに日々を過ごしている。

彼はここから動けない人だった。なぜなら彼は、幽霊だから。


――あれは確か、出会ったばかりの一年生の頃。

『学校から出られないんだよね』

何気ない会話の中で、そう彼が教えてくれた。気づけばここにいて、このベンチから校舎を眺めていること。学校の敷地内ですらなかなか自由には動けず、少しでも気を抜くとこのベンチに戻されてしまうこと。

『でもなんでここに？　いつからいるの？』

『覚えてないんだよな……』

『成仏、っていうの？　できないの？』

『できるならとっくにやってるんだよな……』

ぼんやりと遠くを見つめて彼は言う。

幽霊というものは未練があるからこの世に残ってしまうらしいけれど、自分の未練がなんだったのか、そんなことも忘れてしまうくらいの長い期間、彼はここにいるということなのだろうか。

たったひとりでこの場所から動けずに、じっと校舎を眺めて、楽しそうな生徒たちの声を聞いている……そんなのってあんまりだと思った。あまりにも孤独である。私には絶対に無理だ。

『……今までずっと、寂しかっただろうね』

『うん。でももう平気だよ、君がいるから』

『でも私だって卒業したらいなくなるし……』

『それまでは一緒にいてくれるでしょ？』

『……うん。私でよければ』

綺麗で儚い、可哀想でかわいい。なぜか私には見えた、私にしか見えない彼。

その時の私が一緒にいる約束をするのは当然のことだった。

私でよければ力になりたい、せっかく出会えたのだからと。

その約束が形を変えることなく今も続いていて、私をここに縫い留めているのだとしても——。

昔のやり取りを思い返しながら教室へと戻ると、いつも通りに自分の席に着いた。

けれど、誰ひとりとして私のことは気にかけない。

そのまま授業が始まり少し経《た》つと、コロコロと消しゴムが足元に転がってきたことに気がついて、つい、落とし主である隣の席の矢田《やだ》君に声をかけた。

「消しゴム落ちたよ」

「………」

矢田君はこちらに目をやることもなく、私は彼が足元の消しゴムを拾うその後頭部を見つめる。目が合わないかなと心の中で願ったものの、当然そんなことは起きなくて、やるせない気持ちでいっぱいになった。

私は、矢田君のことが好きだった。彼は真面目で丁寧で優しい人。どんなに小さな私の声にも、どんなに小さな私の変化にも、彼は全部気づいてくれた。

きっと相手が誰であっても、そういうことができる人なんだと思う。だって入学したばかりで顔見知りにもなっていない頃、迷子になって遅刻してしまった私が席に戻り、真っ赤になって俯いていると、『わかるよ、校舎広いもんな』と、彼は優しく慰めてくれたから。

初めて声をかけてくれたその日から、いつも困ったときは彼を頼ってしまったし、そんな頼りない私を彼は優しく見守ってくれていた。なにかあっても、矢田君がいれば大丈夫、という安心感で包まれた日々だった。

そんな矢田君と高校に入学してからずっと同じクラスだった私は本当に運がよくて、最後の一年を一緒に過ごせることは、私にとって幸せな奇跡でいて、最後のチャンスでもあった。

それなのに、私はそのチャンスを活かすこともできずに、気づけば誰とも目の合わない、ひとりぼっちの教室にいる。今ではもう諦めがついた矢田君へのこの感情。つけるしかなかった。だって、まさかこんなことになるなんて思いもしなかったから。

なぜこうなったのか理由もわからないまま、初めの頃こそ一生懸命話しかけてみたりもしたけれど、結局すべてが無駄に終わってしまった。あまりにも寂しくて、悲しくて、涙が止まらない日もあった。それでもそれが現実なのだと、仕方ないのだと受け入れた先、私の高校生活は今もまだ続いている。

続いているのなら、きちんとやり遂げなければならない。そんな使命感が、毎日私をひとりぼっちの教室へと向かわせた。

私の恋も、友情も、今となれば青春だとわかるすべてをもう諦めるしかない。でも、だからこそ自分を元気づけるように、そこまで執着しているわけではないにもかかわらず、〝彼氏を作りたい〟なんてチープな言葉を使って、無理に前を向いてきた。だってそうじゃないと、高校生活で叶わなかった夢を、諦めるしかない現実を、振り切ることなんてできそうになかったから。

できることならクラスのみんなと、矢田君と、最後の高校生活を送って、青春といえる素敵な思い出を作りたかったけれど、仕方ない。みんながもう私と関わることはないのだから。

卒業まで……いや、卒業してからその先もずっと。ずっともう、みんなとはもう、出会えない。

今の私が私としていられるのは、桜の樹の下の彼とふたりっきりの時間を過ごす、この時だけ。彼には私の気持ちのすべてを話すことができた。

「……悲しい」

「なんで？」

「私の席がずっと用意されてるのに、私がいても誰も気にしてくれないから」

その場に留まれば留まるほどに、私の心が思い出に蝕《むしば》まれていくのを感じていた。思い出から引き出されるのは後悔で、結局今の孤独が浮き彫りになる。

諦めがついていたはずだ、自分の願望に対しては。でもやっぱり、こっちを見てと、私に気づいてという気持ちが生まれてしまう。だって私はまだここにいるのだから。

ひとりぼっちだった君の気持ちが少しわかるよと彼に告げると、ベンチの隣に座る彼は微妙な顔をした。

「でも、君はみんなと卒業できるじゃない」

「……できるかなぁ」

「できるよ。早く卒業したいんでしょ？」

「それはそう。早く次の新しい人生を歩みたい。……でも、最近はこのまま今の時間が終わるのが嫌だなって、思う気持ちもあるんだ。あんなに仲よかったのに、誰の目にも留まることなくこのまま終わってしまうのかなって。多くは望まないから、誰かに気にしてほしいなって」

「俺がいるじゃない」

「君がいるから卒業まで引き延ばすことになったんでしょ？　そのせいで余計なことまで知って考えすぎて、こんな気持ちが生まれちゃったんじゃん！　また新しい人生でやり直せればいいやって、そう思えてたのに！」

「……なるほどなー」

月日が流れるのが早い。少し気を抜くとあっという間に時が過ぎていく。今何月なのかと確認するのは教室の黒板で。誰かが書いた日付が、卒業までのカウントダウンが、私に季節の移り変わりを教えてくれた。

そっか、もう半年を切ったのか。この間まで一年あったのに。私にとって一年が長かったのはもう昔のことらしく、日々、あの頃との違いが身に沁《し》みる。

このままの気持ちじゃ卒業できない、なんて思うようになってしまったのはいつからだろう？　早く卒業して、高校生活ではできなかったことをしてみたいという前向きな気持ちを、〝彼氏が欲しいから卒業まで待てない〟なんて言葉で、ついこの間までは冗談交じりに言えていたのに。

次の世界へ進む前に、もう一度私に気づいてほしい。私を見てほしい。私の気持ちを、知ってほしい――。

それが今の私が抱く願望。仕方ないと諦めたはずの私の本当の思い。

「まぁ難しいことは考えずに、また諦めがつくまで俺とここにいればいいってことだよ」

「そうしてしまったらもう最後な気がする」

「そう、最後までふたりっきり。それなら寂しくないし、悲しくないし、きっと楽しい」

にこにこ子供みたいな顔をして私を自分の目的の方へと誘う彼は、まるでなにかの悪魔みたいだった。いや、悪魔じゃなくて幽霊だから……。

「……自覚はないけど、長いからねー……俺、そうなってきてんのかな……」

「う、嘘嘘！　そんなことないから自信持って！」

しょんぼりと首を垂れてぼそぼそとしゃべる彼の背中を慌てて撫《な》でる。まさか落ち込んでしまうと思わなかった……いつもみたいににこにこ笑うか、頬を膨らませて拗《す》ねるかすると思ったのに。

「……俺もさ、できれば成仏したいんだよ。やっぱりこんなところでひとりは寂しいし……でもこんな風に人を巻き込むようになったらおしまいだよな」

「おしまいじゃない！　おしまいじゃないよ！　私は君がいてくれて助かったし！」

「……助かった？」

「うん。初めて会った時も今も、ずっと助かってるよ。だって私がずっとひとりぼっちじゃなかったのは、君がここにいてくれたおかげだから」

迷子になって不安で押しつぶされそうだった時。緊張から震える声で声をかけた私に、君は優しく微笑み返し、教室までの行き方を教えてくれた。

みんなの目に映らなくなって絶望し、嘆いている時。桜の樹の下で変わらず君が私を見つけてくれて、いつも通りに話しかけてくれたことが、どれだけ私の心を救ってくれたか。

未来が見えなくて、涙が溢《あふ》れて止まらなかった時。そんな時は一緒にいようと誘ってくれたことで私の中の選択肢が増えて、ようやく前を向く力が生まれたのだ。

いつも君は私の隣にいて、変わらず私の話に耳を傾け、包み込むように慰めてくれていた。

もうずっと前からブレザーのはずの制服。学ラン姿の君はいったい、いつからここにいるのだろう。

ずっとずっと、成仏できずに君だけがここにいるのは悲しいことだけど、だけど、そのおかげで私には君がいた。いてくれた。

「ありがとう、いつもそばにいてくれて」

「………………」

心から温かい気持ちが溢れてやまないので、言葉にして彼に渡したかった。すると目を丸くした彼は、はっとしたように胸に手を当てる。まるで鼓動を確認しているみたいに。

「……そっか、だからか」

「?」

「だから俺は、君を助けたかったんだ」

彼のひんやりした両手がぎゅっと私の手を握る。そこに体温なんてないはずなのに、私にはとても熱く感じられた。

「君をここで見送るために、そのためにきっと俺はここにいるんだよ！」

興奮した彼の瞳に、火花がチカチカと光る。ほんのりと染まる頬は、儚い彼の外見を変えた。まるで生きる目標を見つけた青年そのものにイキイキとしている。もう死んでいるはずなのに。

「君を守るよ、そして見送る。そのために君の悩みを解決してみせる。今の君の願いは？」

「え？　っと、クラスのみんなに、気にしてほしい……かな」

「わかった、なんとかしよう。俺に任せて」

「…………」

そう、はつらつとした笑顔で張り切る彼。

その言葉に戸惑いながらも頷《うなず》いた、次の日からだった。私のクラスでおかしなことが起こり始めたのは。

前の席の子が、隣の子に秘密を打ち明けるような声の大きさで話しだす。

「昨日さ、変な夢見たんだけど」

「……どんな？」

「なんか、ひとりで教室にいるんだけど、後ろから肩を叩《たた》かれるのね？　それで振り返ったらそこには誰もいなくて。なんだろうと思った瞬間、『ここだよ』って耳元で聞こえて目が覚めたの」

「！　わ、私もその夢見た……！」

「ほんと!?　じゃあその時の声ってさ、その……」

「……うん」

言いづらそうに口ごもると、ふたりはそっと私の席の方を振り返り、小さな声でなにかを話しながらまた前へ向き直る。

そんなことがクラス内で毎日毎日起こり、ある人は手を引かれて、ある人は泣いている後ろ姿を見て、またある人は……って――。

「完全に怪談話じゃん……！」

なんでそんなことしたの？　やめてよ！と、私は彼に言い寄ったけれど、「でもこれでみんなに気にしてもらえたじゃない」なんて、彼はどこ吹く風でにこにこしている。

いやいやいや、こんなことは望んでない！　それは全然嬉《うれ》しくない！

「やってること完全に悪霊だよ～！」

「なるほど、世の中の悪霊ってこういう気持ちでやってんのかもね。悪気はないんだよ」

「悪気はなくても迷惑なんだってば！　みんなの中の私の印象最悪じゃん、こんな風に気づいてほしいわけでは……あ！」

「？」

「や、矢田君、矢田君にはやった？」

「？　矢田君って誰？」

「まさか無作為に見せてる……？」

「ねぇ、矢田君って誰？」

こうはしていられないと、休み時間の途中であるにもかかわらず慌てて教室へと戻る。自分の席に着いてそっと隣の矢田君の表情を窺《うかが》ってみると、いつもはない険しい皺《しわ》が眉間に刻まれていた。

「矢田、大丈夫か？」

向こう側に座る矢田君の友達が心配そうに声をかけて、「おまえの夢にも出た？帆宮《ほみや》さん」と訊ねると、矢田君は「うん」と、小さく頷いた。

「おまえ、誰よりも落ち込んでたもんな。帆宮さんが死んだ時」

「…………」

無言でこちらに目をやる矢田君と目が合った——のは、私から見た景色で、実際には違う。だって私はみんなから見えない。

私は三年生になったばかりの四月に、車に轢《ひ》かれて死んでしまったのだから。

帆宮世莉《せり》。それが私の名前だった。

最後の高校生活。矢田君の隣の席。なんて幸せなんだろうと、未来への期待に胸を膨らませていた矢先に起こった、不慮の事故。

死んでも死にきれなかったのか、車に轢かれたところまでは覚えているけれど、一度目の前が暗くなったと思った次の瞬間、気がつくと私は教室の自分の席に座っていた。

もういらないはずの私の席はクラスの意向で残してもらえたらしく、そのおかげで私は居場所を失わずに、今もこの席に座ることができている。

「……夢に出るなんて帆宮さん、なにか言いたいことがあるのかな」

「こんなもうすぐ卒業の最後の時期に？　まさか俺らだけ卒業すんなって、恨み言言いに出てるってこと？」

気づけば年も明けて、卒業の日がいよいよ迫っていた。瞬きの間に時が過ぎていくのも幽霊になったからだと今ならわかる。一年など本当に一瞬のことだった。全部彼の言う通りだった。

今の私はもう彼と同じ幽霊で、こんな風に死んだあともみんなに迷惑をかけているなんて、そんなのれっきとした悪霊じゃないかと思った。そんなものに、私はなってしまった。

「違う、帆宮さんはそんな人じゃない」

けれどそこに響いたのは、矢田君の声。きっぱりと言い切る彼に、私も彼の友達も、はっとして矢田君に意識を向ける。

「俺の知ってる帆宮さんならきっと、そんな風には思わない。きっと一緒に卒業したいって言ってくれる」

「……同じ意味じゃね？」

「受け取り方が違うだろ。そんな風に恨みがましく思う人じゃないよ。だって帆宮さんだよ？」

「……おまえ、帆宮さんのこと好きだったもんな」

「……うん」

そしてゆっくり私の方へ向き直ると、一言。

「また会いたい」

——その瞳に私の姿は映っていないはずなのに、じっと私の目を見つめるように矢田君は告げた。

ここに私がいるかのように、私へと思いを馳せて、私に向かってそう、言ってくれた。

　その瞬間、ぶわっと熱いものが込み上げてきて、それは涙に変わって床に落ちる。

誰にも見えることのない、透明の涙だった。

「帆宮さんともう一度話がしたかった。それだけが心残りで……でももう会えないから、伝えることもできない」

「私もっ、私も矢田君が好きだったよ！　矢田君がそんな風に思っていてくれたなんて……また会って伝えられたら、よかったのに」

しかし、そんな日は来ないのだと知っている。もう、私にはない未来の話。

誰にも気づいてもらえない、気にしてもらえない、そう思っていたのに――。

私が死んだあとも、矢田君は私のことを覚えていてくれた。その心に置いてくれていた。それがどれだけ嬉しいことか。そして、生きていた頃の私の想いを最後に伝えられないことが、どれだけ悔しいことか。

「……叶《かな》えてあげようか？」

「！」

　急にかけられた声に驚いて振り返ると、すぐ後ろに桜の樹の下の彼が立っていた。

ここは教室なのに。

「な、なんでここに？」

「敷地内ならそれなりに動けるって言ったじゃない。気を抜くとすぐに戻されちゃうけど」

それよりさ、と、私の隣を指さす彼。

「この人が矢田君?」

「うん……」

「前からずっと言ってた好きな人?」

「……そうだけど……」

ふーんと、上から下まで品定めでもするように彼は矢田君を眺めている。次はなにをやらかすのだろうと、ちょっと不安になって声をかけようとした、その時だ。

「わかった。矢田君に会わせてあげる」

「え? で、できるの?」

「できるよ。ここじゃない、夢の中で」

「夢の中……?」

それは私の悪夢をクラス中のみんなに見せたのと同じ方法ということだろうか。

にぃっと悪戯《いたずら》っ子のような笑みを浮かべると、彼はすっと伸ばしてきたその手で私の視界を遮る。

「悔いがあったら卒業できないでしょ?」

不安に思いながらもその声に耳を傾けると、私は意識が遠くなっていくのを感じて——。

「最後に全部、話しておいで」

——プツリと、そこで意識が途切れた。

急に電源が入ったようにパチリと目を開くと、周りにはただただ真っ黒でなにも見えない世界が広がっていた。圧迫感のある闇の中にポツンとひとり、私だけが佇《たたず》んでいる。

「っ！　あ、あれ？」

目を閉じる前まで私は自分の教室にいたはずで、そこへ急に現れた彼が……確か、夢の中で矢田君に会わせてくれるって。

「え？　ここ、どこ？」

「じゃあここは……夢の中？」

この、真っ暗でなにもない怖い場所が？　こんなところで矢田君に会うの？

上下左右どこを見渡してみてもなにもない。どこに立っているのかすらもわからない。

こんな場所で私に会う夢なんて、怖すぎて矢田君困っちゃうよ……なんなら私だって怖い……！

「どうしよう……！」

「？　誰かいるのか？」

「っ！」

あたふたしていると、なにもない世界に響いた声。その、低くて優しい声には聞き覚えがあった。

「誰？」

「あ、あの……」

「！　もしかして、帆宮さん？」

そう彼が私の名前を口にした瞬間、真っ暗な世界にうっすらと色がつき始め、見慣れた場所へと姿を変えていく。

そこは教室だった。そこにいたのは、自分の席に座る私と、その隣に座る彼——矢田君。

なにもなかった世界に矢田君が現れて、ふたりきりの、私たちの教室になったのだ。

無言で見つめ合う私たち。矢田君は大きく目を見開いて、驚きのあまり言葉を失っている。

当然だ。急にこんなところに連れてこられて……びっくりしているだろう。

「矢田君、その……突然ごめんなさい」

なんて言おう。なにを伝えればいいのだろう。

言いたいことはたくさんあるし、伝えるために今この場所に私はいる。真っ暗な世界じゃない、ここは、私たちの教室。私たちの席。私たちの、思い出の詰まった場所。

もうすぐ終わってしまう、私たちの高校生活。

なくなってしまったはずのその一時が、今ここにある。けれど困らせるわけにはいかないから、早く終わらせなければならない。

「わ、私……」

「帆宮さん。あのさ、覚えてる？　一年の時、入学早々帆宮さん遅刻したよな」

「！」

なにから話そうかと焦る私をよそに、矢田君は嬉しそうに微笑むと口を開いた。

それは私が学校の中で迷子になったあの日の話で、もう二年も前になる、高校生活一番初めの思い出。矢田君と初めて言葉を交わすきっかけとなった出来事だった。

「あの時の帆宮さん、ちっさい声で迷子になりましたって言いながら教室に入ってきてさ、ドアの前で泣きそうになってた」

「それは……っ！」

「席についても耳まで真っ赤になって顔上げらんなくて。あ、この子本当に迷子になったんだって思ったよ」

「ほ、本当だよ！　嘘つくわけないじゃん！」

やめてやめてと、身を乗り出して慌てる私に、「あははは！」と、矢田君は弾けるような明るい笑い声を返し、

「その時さ、俺キュンとしちゃって。だからつい声かけちゃった。守ってあげたいって、気になりだしたのはその日から。それからずっと帆宮さんのこと好きだったんだ」

「……え？」

「だから今、会えて嬉しい」

――なんて、恥ずかしがることもなくさらりと言うと、温かい眼差しで私を見つめて、矢田君はゆっくりと優しくもう一度微笑んだ。

その矢田君の表情や言葉、仕草のすべてに私の心がぎゅっと締めつけられる。

急にこんなところに現れた私を、もう死んでしまった幽霊の私を、矢田君はこんなにも温かく受け止めくれるのだと思うと、胸の奥からなにか熱くて重いものが、思い出と共にどんどん溢れ出してくる。

「わ、たしも……私も、矢田君のことが好きだったんだよ……」

いつも私のことを気にかけてくれるところも、元気をくれるその明るい笑顔も、温かくて優しい矢田君の全部が私は大好きだった。

あぁ、よかった。知ることができて。伝えることができて。こんな未来がまだ残っ

ていたなんて。私はもう、ひとりじゃない。矢田君が私を見つけてくれた。私を覚えていてくれた。本当に、本当によかった。

私は、本当に幸せ者だ。

「ありがとう……矢田君の気持ちが嬉しい。これでもう心残りはないや」

「やっぱり、心残りがあったんだ」

「うん。次の人生へ行く前に、最後に誰かに気づいてほしくなっちゃって……。矢田君が私を覚えていてくれて、同じ気持ちだったんだって知ったら、私の生きている頃の気持ちもせめて最後に矢田君に伝えたくて、それでここに連れてきてもらったの」

「誰に？」

「……桜の樹の下にいる、彼に」

「桜の樹の下……？　それってもしかして、桜の樹の下の幽霊？」

「え……？」

思いもしない言葉が返ってきて、瞬きと共に言葉を失ってしまった。だって今まで一度も、生きている時にだって誰からも、その言葉を聞いたことはなかったのに。

「あー、なんかさ、俺の母親もこの学校出身なんだけど、入学する前に言われたんだよな。あの学校、桜の樹の下に幽霊がいるんだよ、って」

「……………」

「でも入学してからそんな話してる奴《やつ》ひとりもいないし、実際に見たわけでもないし、学校の七不思議とか流行《はや》った頃の話だって言うからきっと嘘《うそ》なんだって思ってたんだけど……まさか、本当にいるの？」

「……うん」

いるよ。本当にいる。

「私が一年生の時からずっと。それよりも前からずっと」

彼は、そこにいる。ずっとひとりきりで。ずっと変わらず、その姿で。

「矢田君のお母さん、その幽霊についてなにか言ってた？」

「なんか、見えた人の願いを叶えてくれるって……確か名前は、大河《おおかわ》さん」

その途端、またしても世界の色が変わる。それは瞬きの間の出来事で、気づけば私たちはあの桜の樹の下にいた。

そこにある、いつものベンチに――彼は、いた。

「そうだ、それが俺の名前……俺は、大河基道《もとみち》」

ベンチに座る学生服の彼が桜の樹を見上げて呟《つぶや》くのが聞こえてきた。桜の樹は満開で、はらはらと散る花びらが彼の頭に一枚降ってくる。

「……君も夢の中にいたんだ。言ってくれればよかったのに」

そう声をかけて頭にのった花びらを取ってあげると、まん丸にした目で彼は私へ向き直る。

「思い出した……今、全部思い出したんだ」

「？」

「俺、ここで願いを叶えてた。今まで何回も、君にしたみたいに」

「そっか、すごいね」

「すごくなんてない！　俺、きっとまた君がいなくなったあともすっかり忘れてここで同じことを繰り返すんだ……ようやく答えが見つかったって、君を見送って俺もやっと終わりにできるって、そう思ったのに……」

「…………」

思考にのまれるように頭を抱えて項垂《うなだ》れる彼。そんな姿を見るのは初めてで、戸惑いながらもいつも頼っていた矢田君の方へ目をやると、矢田君がびっくりしたままその場に固まっているのが目に入った。

……そうだよね、初めて桜の樹の下の彼の姿を見て、なにも知らずにこんなことに巻き込まれてしまっているんだから……ここは私がなんとかしないと。

「……大河君」

そっと彼の名前を呼んでみる。間違っていないよねと、恐る恐るのことだった。

あまりにも動揺しているその姿に、少しの刺激で彼が変わってしまう、そんな気がしてたまらなかったから。私の知っている彼とは違うものになってしまったらどうしようと、不安と焦りが募りだす。

なぜなら今この瞬間、世界が彼の心境を表すかのように安定感をなくし、私たちは乱れた映像のように消えたり現れたりを繰り返していたから。

今にも崩れ落ち、この世界共々消えてしまう。それが今の彼の心情なのだと感じた。

「……君も、一緒に卒業したいと思ってくれてたんだね」

「そうだよ！　決まってるでしょ？　こんなところでまたひとりぼっちなんて嫌だ！」

「うん。私も君をここに置いていくなんて嫌。そんなことはできないよ」

彼、大河君も、卒業したいという意思がある。それが確認できてよかったと思う。

今こうして傷つくように動揺しているのは、またここにひとり残されてしまうのが怖いからだったのだ。私の願いを叶えて一緒にここから離れられると考えていたのに、その未来がなくなってしまった絶望感に打ちひしがれている。

その気持ちは私にもわかる。永遠の孤独と変わらないその辛さを想像することも、未来が見えない不安と信じていた希望がなくなる絶望も、全部全部。

大河君がみんなの夢の中に私を出してくれたから、私は知らなかった矢田君の気持ちを知ることができて、私の想いも矢田君へと届けることができた。だから今、長く留まってしまったことにより生まれてしまった寂しさや悲しさはすべて晴れて、私の中に未練はひとつも残っていない。

ただ、このまま君をここに置いていくことになるのなら……それは、私の新しい未練になるだろう。

私を助けてくれた君。今度は、私の番。幽霊になった私には君の心がわかるから、だから絶対君を見捨てるようなことはしたくない。君をたったひとりでこの桜の樹の下に取り残したりなんて、絶対にしない。

大丈夫、きっとなんとかなる。だってここには矢田君がいるのだから。

「矢田君！」

その場に立ち尽くしていた矢田君と向き合うと、私の気持ちを察してくれたのか、矢田君はすっと落ち着いて、まっすぐな視線を返してくれた。

「あのね、お願いがあるの」

「なに？」

「卒業式にさ、私と大河君の名前も呼んでもらえるように先生にお願いしてもらえないかな」

「！」

はっとして顔を上げたのは大河君。その顔色は真っ青で、今にも倒れてしまいそうだ。そんな彼に、大丈夫だよと伝えるように、私はにっこりと微笑み返した。大丈夫。

私にいい考えがある。

「あのね、私たちもみんなと一緒に卒業したいんだ。だから卒業生の中に名前を並べてほしい。そしたらきっと、一緒に卒業できると思うんだ」

「…………」

「無理なお願いだってわかってる。でも私、大河君も一緒に卒業したいの。ふたりで一緒に新しい明日に進みたい。ずっと私のそばにいてくれた人だから」

「……わかった」

矢田君がうんと、大きく頷いてくれる。

「絶対になんとかする」

「……ありがとう」

だんだんと歪《ゆが》んでいく世界。真っ暗な闇がじわりじわりと染み出してくる。

身体はもう残像のようにはっきりと形を保っていなくて、もうこの一時は終わるのだなと理解した。

もうこれで夢はおしまい。また明日がやってくる。卒業に向かう、私たちの明日が。

最後に矢田君に伝えたい、伝えるべき言葉が私にはまだあった。

「矢田君、今までありがとう。矢田君のこれからを私、ずっと応援してるからね」

「……うん。帆宮さんも、元気で」

その声を最後に、意識を失うかのように真っ黒に包まれた世界。

気がつくと私はまた、桜の樹の下にいた。

並んで座るベンチの隣には、いつも通りに彼がいる。学ラン姿の彼、大河君が。

「……私たち、戻ってきたね」

「……………」

「今どれぐらい経ったんだろう。矢田君もちゃんと戻れたのかな」

「……………」

大河君はじっと黙り込んだまま、なにも話さない。大丈夫？と声をかけようとしたちょうどそのタイミングで、ぐるりと勢いよく彼がこちらを向いた。

「あのさ、俺、ずっとここにいるんだ」

「うん」

「本当にずっとだよ。何度も何度も、自分が思っていたよりもずっと昔から俺、自分のことが見える人と会うたびに同じことを繰り返してる」

「……………」

　すると彼は、遠くを眺めるように校舎の方へと目をやる。なにを見ているのかわからない、ぼんやりとした瞳だった。

「昔、生きてた頃。病弱で休みがちだからクラスに馴染《なじ》めない女の子がいたんだ。俺はその子とこのベンチで知り合って、よく話し相手になってた。他にやることもなかったし、その子が笑ってくれると嬉しかったし」

「うん」

「でもその子、結局学校に来なくなったんだ。あとになって聞いてみても、病気が悪化したとか、転校したとか、クラスの人たちもよくわからなくて、誰もその子についてちゃんと覚えてなかった。それで俺だけだったのかなって気がついて。あの子が学校に来て笑顔で話せる相手って」

「……………」

「馴染めないんだからそりゃあそうだよな。そこでようやく、なんでもっと真剣に向き合わなかったんだろうって後悔したんだ。もっとできることがあったはずなのにって。仕方ないことだとはわかってるんだけど……。そのあとは普通に卒業して、普通に人生を全うして年とって死んだんだけど、ずっと心の中にそのことが残ってて。気づいたらここにいたんだ」

「……ここで、その子のことを待ってたのかな」

その瞬間、彼ははっとして私を見つめる。

「そうだと思う。あの子にできなかったことの懺悔《ざんげ》をするように、人の願いを叶えながらここで待ってたんだと思う。きっと俺はもう一度あの子に会いたかった。でもそんなことはもう不可能だったんだ。だってこれだけの長い年月が経っているんだから」

「………」

「繰り返すうちに目的を忘れて、名前を忘れて、記憶もなくなるようになって、今ではなんでここにいるのかもわからなくなってたけど……でもようやく、君のおかげで全部思い出すことができたよ。本当に、どうもありがとう」

「………」

それは、ゆったりとした速さで並べられた言葉の流れだった。先ほどまでの夢の中とは違い、落ち着いた彼の表情。ほっと安堵《あんど》したようにも見えるし、すべてを悟って手放したようにも見えた。

これで彼の願いは本当に叶えられたのだろうか。未練は晴れたのだと……この彼の様子を見て、受け取れる？

「君の願いはなに？」

私が訊ねると、きょとんとした顔で大河君は私を見る。だからもう一度その質問を言葉にする。「君の願いはなに？」と。

「……俺の願いは、これで終わること」

「うん。一緒に卒業するもんね」

「……でも、本当に、できるのかな」

不安に揺れる、彼の瞳。きっと納得できていないし、信じることができていないのだろう。それだけ長い間ここに縛られていたのだ、また自分だけ記憶がなくなってここにい続けることになるかもしれないという可能性を捨て去れないのだろう。

過去を知ってしまったからこそ、ただまっすぐにこれから一緒にここを卒業するのだと受け入れることができないのだ。幽霊になってからの私もそうだったからわかる。

また次の人生へと思えなくなったのは、私が死んだあとの誰にも気にしてもらえない世界を知ってしまったから。だから私の中に新しく、誰かに気づいてほしいという願いが生まれ、このまま次の人生になんて行けないと思うようになっていった。

知ることで新しい気持ちが生まれ、明るい未来へ目を向けることができなくなる。それはあのときの私と同じで、私にはその気持ちがわかる。だから伝えたい。君には私がいるのだと。

「あのさ、何度も言うけど私、君に出会えてよかったよ」

「でも俺がいなければ君はもっと早く成仏してたでしょう？」

「私には死んだあとにも君がいて、ずっと君に慰めてもらえたからね。だから満足して次の人生を歩もうと思えたんだよ。そのあとこじれちゃったけど、結果、君のおかげで解決したんだから、今の方がそう思ってるし」

「……じゃあ、君はもう大丈夫だね」

にこりと微笑んだその顔には疲れが滲《にじ》んでいる。自分はもうダメだと受け入れているような、諦めの交じった表情なのだとすぐにわかった。

まったくもう、この人は。

「なに言ってるの？　君も一緒だよ！」

両手でぎゅっと彼の手を握ると、びっくりした彼が身を引こうとするのでグッと近付いてやる。ひとりぼっちになろうとしたってそうはいかない。

「私に君がいたように、君には私がいる。今度は私の番だよ。君が私を見送るためにここにいるんだって言ってくれたように、今私は君を一緒に連れていくためにここにいるんだよ」

「……俺が君の成仏の邪魔をしてるってこと？」

「違うよ、君が私の未練になったってこと！」

言葉にするとすっきりとして、清々しい気持ちで胸がいっぱいになる。そんな私はもちろんピッカピカの笑顔を彼に向けていて、彼はゾッとした表情で私に言った。

「……正気か？」

その一言がおもしろすぎて大笑いする私に、彼は相当戸惑っていた。それはそうだ。未練だなんて物騒な言葉、こんなに楽しそうに口にする奴はいないだろう。

「あのね、もしここで私だけ卒業して、君だけここに戻ってきちゃったとするでしょう？　そしたら私もここに戻ってくるよ。だって私、君とまた会いたいから」

「……え？」

「卒業しても……成仏しても、また君と会いたいよ。君が助けてくれたから私の未来があるのなら、それを今度は君の未来と一緒に見てみたい。ここじゃない別の場所で。それが今の私の願いだから、叶わないなら私に未練が残ってしまうということでしょ？」

「…………」

「この先ずっと、本当の願いを忘れてしまうくらい長い時間が経ってもずっと、君に会いたいという未練に縛られて君を探し続けるよ。今日までの君と同じように。だって私、大分悪霊だし」

「…………」

声が出なくなったように口を開いて閉じてを繰り返す大河君。じっと私を見つめてから何拍か置き、ようやくまた口を開いたと思ったら、

「……いいの？」

と、弱々しい掠《かす》れた声で口にした。

考えて考えて、ようやく出てきた言葉がそれなのかと思うと、何年もの時を過ごして何歳も年上のはずの彼がとても愛おしかった。

「大河君こそ覚悟はできてる？　私、きっとしつこいよ」

「……俺もしつこいから大丈夫」

たしかに！と、学ラン姿の大河君に笑うと、彼はなにか文句を言いたげにしながらも諦めたように小さく笑った。どうやらようやく彼の中でも納得がいったようだった。

「大河君！　卒業しよう、卒業！　私たち早く次の人生で会わないと！」

「でもよく考えたら俺、一回ちゃんと卒業してるんだよな……」

「それは生きてる時だから関係なし！　今の私たちは幽霊なので！」

そうと決まれば、卒業式までの日数を確認しにふたりで教室へと向かう。しかし教室内には誰もおらず、黒板には大きく華やかに『卒業おめでとう！』という文字が書かれていた。

「え……どういうこと？」

幽霊になってから時間の流れが早い。それは初めの頃よりどんどん早くなっていて、今では少し話していたつもりが何日も経っていたり、ちょっと考え込んでいたら一ヶ月経っていることもあった。今が何日なのか、毎回確認するのは決まって教室の黒板の日付。それが今日、卒業式当日だと示している。

「嘘！　てことはつまり、私たち間に合わなかった……？」

「いや待って。なにか聞こえる」

少し開いた窓へ近づくと、先生のアナウンスの声が風に乗って聞こえてきた。

その瞬間、今が卒業式の真っ最中なのだと気づき、私たちはお互いの顔を見合わせる。だとしたら急がないと。私たちの名前が呼ばれてしまう。

「行こう大河君！」

彼の手を引き大慌てで教室を出ると、ふたりで廊下を全力疾走した。目的地は体育館だ。間に合ってください。どうか、どうか……！

「っ！　どう？　まだやってる!?」

飛びつくように体育館の窓からふたりで並んで覗《のぞ》いてみると、式はちょうど卒業証書の授与が始まったところだった。

「ま、間に合った～！」

ほっとしてずるずるとその場に座り込んだ私の隣に大河君も座る。はぁはぁと肩で息をする私たちはお互いを見て思わず笑ってしまった。

なんだか楽しかった。幽霊になってからこんな風に誰かと走ったのは初めてだったから。

「あー疲れた。なんか青春っぽかった」

「ははっ、たしかに」

「今一組が始まったんなら大丈夫だね。きっと私たちの番は最後だよ」

「うん……でもさ、本当に呼ばれるのかな」

「呼ばれるよ。矢田君に頼んだんだからきっと大丈夫」

「でも俺たちは卒業生じゃないんだよ？」

「もう……そんなんだから死んだあと戻ってきちゃうんだよ。ダメだったらまたその時考えればいいじゃん。前向きに前向きに！」

「………………」

次々と名前を呼ばれて、壇上で卒業証書を受け取る私の同級生たち。明日からは新しい人生を歩む彼らは立派で、参列者は皆誇らしい表情で彼らを見守っていた。

「――以上、卒業生、二百十三名」

そう告げると、最後のクラスである七組の担任がマイクから離れていく。

あれ？　呼ばれなかった？と、私たちは顔を見合わせる。

卒業証書の授与が終わった――と思われた、その時だった。壇上に上がってきたのは矢田君だ。彼はマイクの前で一礼し挨拶を述べると、皆に語りかけるように話しだす。

「今回呼ばれた卒業生の他にも、僕たちと共に学び、思い出を作ってきた同級生がいます。彼女の名前は帆宮世莉さん。僕は彼女と三年間同じクラスでした」

突然なことにびっくりした。私だ！と思った。今のこの時間は、私のために割かれたものだ。そのために矢田君が壇上にいるのだ。

「彼女は三年生の春、不慮の事故で亡くなってしまいました。そして卒業を目前にした二月の終わり頃、信じられない話かもしれませんが、彼女はクラス全員の夢の中に現れ、僕たちと共に卒業したいのだと気持ちを伝えてくれました。それともうひとり、共に卒業したい仲間がいるのだと」

矢田君の言葉にはっとして私は隣の彼を見る。目を丸くした大河君は、食い入るように壇上の矢田君を見つめていた。

「彼の名前は大河基道さん。彼は以前この学校に通っていた生徒で、今日までずっと桜の樹の下で悩んでいる生徒たちの願いを叶えながら、自分が卒業できる日を待っていたそうです。彼は帆宮さんのみんなと一緒に卒業したいという願いを叶えるために、僕らの夢に帆宮さんを連れてきてくれました。そして帆宮さんは僕に言いました。自分たちの名前をこの卒業式で呼んでほしいと。そうすればきっと自分たちも一緒に卒業できるからと。それが今回僕が今、壇上でこの時間をいただいている理由です」

しんと静まり返る中、矢田君の凛《りん》とした声が体育館の中に響き渡る。誰もがその内容に耳を傾け集中しているのが、外にいる私にもひしひしと伝わってきた。きっと大河君もそうだろう。

「僕はもちろん、クラス一同、最後まで彼女のことを同じクラスの仲間だと思っています。そして彼女の願いを叶えたいと思っています。今日この時、この場所で、きっと僕たちと共にふたりはこの学校を卒業するのだと心から信じ、願っています」

そして矢田君は、はっきりと告げた。

「――帆宮世莉さん。大河基道さん。ご卒業おめでとうございます」

お辞儀をする矢田君と、一斉に響きだした大きな拍手の音。心がぽっと温かくなり、すっとなにかが消えていくような心地がした。例えるならそれは、私をこの世に留めるなにか。きっとこれで大河君と卒業できるとほっとしたのだろう、心と身体がすっきりと軽くなったのを感じる。

私は大河君を見て、大河君は私を見た。

「……私たち、卒業できるね」

私の言葉に大河君も頷いた。これは確信だった。きっと今私たちは同じ感覚を共有している。

頭の先から天に引っ張られるような、不思議な感じがした。身体がどこかへ向かおうとしている。もう私たちに残された時間は少ない。

「大河君。あのさ、ちゃんと卒業して、元気でいてね。ずっと心配してるからね、私」

「あはは、ありがとう。君の方こそ」

「うん。だからさ、私たちまた会おうね。大河君の元気な姿を見るまで探すから、絶対に待ってて。約束」

「うん、約束。でもきっと俺も必死で探すから、行き違いにならないようにしないと」

なるほどと思った。心配性な大河君は、先のことがすぐに思いつくんだなと。

どうしようかと悩んだ一瞬、私の頭に浮かんだのは初めて出会った時の満開の桜の花だった。

「じゃあ桜の樹の下に集合にしよう！　ここじゃなくて、その時の自分がいる一番近くの樹でいいから、桜を目印に何年先でもまた会えるように願おうよ！」

「……そんなにうまくいくかな」

「大丈夫だよ。だってこれは私たちの未練なんだから。きっとしつこくあとまで残るよ、大河君には実績もあるんだし」

「あはは！　そんなの末代まで残る呪いじゃん！」

「違う違う、運命だよ！　私たちの運命！」

もうちょっとかわいい言い方をしてほしいものだ。まぁこれくらいが私たちらしいといえばそうかもしれない。

お互い元気な姿で、また次の未来でも会う約束。それがきっと私たちを再び引き合わせてくれると信じている。

だんだんと意識がぼんやりとしてきた。身体が透けて、向こう側が見える。——もう時間がやってきたようだ。

「私たちの未練が運命になりますように」

そう願ってぎゅっと大河君の手を握ると、呆《あき》れたように笑った大河君も握り返してくれた。

私たちは共に今日この時、この場所で、この学校を卒業する。

「卒業、おめでとう」

彼女はもう誰も殺せない

櫻いいよ

——わたしは、これまでたくさんのひとを殺してきました。

開いた手紙の書き出しに、へ、と間抜けな声が漏れた。

——そして、これからまた、わたしは殺すつもりです。


これは、彼女の罪の告発文だった。

付き合って一年半になる彼女からもらった直筆の手紙に、おれの心が乱れる。

おれの知る彼女は、ひとを殺すなんて到底できそうにない、至って普通の女の子だ。

この中におれの知らない彼女がいるのを察して、手紙を持つ手が震えた。


三月中旬の、春の訪れはまだ微塵《みじん》も感じさせない寒さの中で、中庭のベンチに座って目を閉じる。

一年と二年はテスト休みに入り春休み状態で、自分を含めた三年は卒業式を明日に控えている。そのため、部活動も今日は休み。校内には限られたひとしか存在しない。

平日の午後だというのにシンと静まり返った学校で佇《たたず》んでいると、知らない世界に紛れ込んだような感覚に陥る。卒業式の予行演習に出席し、おれと同じようにまだ校内に残っている誰かの声がちらほらと遠くから聞こえるが、それが余計に静寂を感じさせた。

「おまたせ、大知《だいち》」

声のしたほうを見ると、七香《なな か》が渡り廊下からおれを見て手を振っていた。「おつかれ」と返事をして立ち上がり、七香の元に駆け寄る。

「答辞できた？」

「うん。先生もこれでいいだろうって。あー、でも緊張するなあ」

七香は明日、卒業式で答辞を任されている。緊張するとは言っているが、夏まで生徒会会長として何度も壇上に上がり生徒たちの前で話をしたことがある。きっと明日も堂々と答辞を読むだろう。

「だいたい、まだ大学の合否が出てない状態で卒業式とか、落ち着かないよねえ」

校門に向かって歩きだすと、七香がため息交じりに呟《つぶや》く。

「七香なら大丈夫だって。自分でもそう思ってるだろ」

「自分はもう進路決まってるからって、軽く言わないでよ。ま、落ちるとは思ってないけどー。でも絶対とは言い切れないでしょ。落ちたら滑り止めを受けていないわたしは浪人だし」

そうだけど、と七香の言葉に同意したものの、七香なら大丈夫だろうとおれは確信している。

七香の第一志望は、おれたちの住む町から電車で二時間ほどのところにある全国でも有名な大学で、合否は卒業式の数日後にわかる。そして合格だった場合、七香はすぐにひとり暮らしの準備に取りかかる予定だ。おれは家から電車で三十分ほどの私立大学にすでに入学が決まっているので、春からは遠距離恋愛になるだろう。

「あ、さっきカンタから今日地元の友だちとの遊びに誘われたから、夕方から出掛けるつもり」

「そうなんだ。カンタくんって、大知がこないだケンカした相手だよね？」

「そうそう」

カンタとのケンカを思い出し、うははと笑った。

ケンカの原因は、大学が離れたらおれと七香は別れるとか、遠距離恋愛なんか絶対うまくいかないとか言われたからだ。それが彼女のいないカンタの僻《ひが》みからの言葉なのはわかっていたが、ムカついたので『お前は大学でも女子に相手されねえだろうな』と言ってやり、そこから嫌みの言い合いになった。そしてなにを言ってなにを言われたのかはよく覚えてないが、途中からお互いにブチギレ状態で、もう二度とお前とは遊ぶか！と別れた。

あのときはお互い本気でそう思っていた、のだけれど。

「いつものケンカだな」

これまで何回も同じようなことを繰り返している。カンタもそのことを忘れておれを誘ってきたのだろうし、おれも七香に言われるまでケンカしたことを忘れていた。

「……まあ仲直りしたならよかった」

「仲直りなんかするわけないじゃん。怒りがおさまって、なかったことになっただけ」

おれの説明に七香は意味がわからないのか首を傾《かし》げる。そこにはなんともいえない笑みが浮かんでいた。なんでそんな表情をしているのかわからないが、おれもへらりと笑う。

「大知はそういうところ、すごいよね。誰とでも仲良くなるし、一度仲良くなったらずーっと、ケンカしても友だちで。カンタくんは小学校からの付き合いだしさ、すごいよ」

「どした急に。おれ、今そんなにお金持ってねえよ」

七香に改まって褒められて、つい冗談を返してしまう。

嘘《うそ》が苦手な七香は決しておれを適当に褒めたりしない。なので普段は『もうちょっとちゃんとしないと』と注意されることのほうが多い。その分、褒められるときは七香が心の底からそう思っているのがわかり、うれしさと恥ずかしさでどう反応していいのかわからなくなってしまうのだ。

そんなおれを知っている七香は「またそんなこと言って」と苦笑した。

「わたしは、大知みたいに長く付き合ってる友だちがいないからすごいなあって。高校の友だちとも、大知はずーっと友だちなんだろうなあ」

「いやあ、大袈裟《おおげさ》だよ。疎遠になるやつだっているし。たしかに友だちは多いほうかもしれないけど」

誰とでも友だちになれるのはおれの長所だ。基本的に人見知りはしないし、気の合わないひとはもちろんいるけれど、それは相手の個性だとも思っているので、きらいなひと、という括《くく》りがおれの中には存在しない。それに成長するにしたがっておれも相手もかわるものだ。小学校時代はあまり親しくなくても、高校生で再会すると、結構気が合うやつになったりもする。

そう考えると、たしかに長いあいだ友人関係を継続していると七香が思うのもわからないでもない。

「七香だって、友だち多いじゃん」

なんせ生徒会会長で、成績も優秀な優等生だ。同じクラスだった一年のとき、入学してすぐに七香はクラスのみんなに頼られていたし、誰とでも親しくしていた。

二年、三年は理系と文系でクラスが分かれてしまったけれど、いつだって七香は友だちに囲まれていたのを知っている。

誰にでもやさしい。けれど間違っていることははっきりと、相手が先輩だろうと教師だろうと口にできる。かといって真面目すぎるわけでもない。七香はいつだって誠実で、芯がある。

だから、七香は多くのひとに信頼され、そして好かれていた。高校三年間で、七香のことを悪く言うやつに、おれは出会ったことがない。嫉妬《しっと》を抱くやつがたまに文句を言っていたが、そんなのはノーカンだ。

それがおれの大好きな七香で、誰より大事な彼女だ。

「ねえ、大知」

「んー?」

「大知はさ、なんでわたしが好きなの?　わたしのどこが好きなの?」

いまだかつて訊《き》かれたことのない質問に「え」と驚きの声が漏れる。

「な、なになに急に。どうした、今日なんかおかしくない?」

あわあわと七香の熱を測ろうと額に手を伸ばすと、七香が「どこもおかしくないから」と噴き出す。

「あ、もしかして遠距離になるから不安になってる?　うわ、七香かわいすぎるんだけど。おれと付き合って。一生一緒にいよう」

「冗談はもういいから、はやく答えてよ」

いつもなら『もう付き合ってる』と呆《あき》れられるのに、今日は言われなかった。そんな些細《ささい》な変化に、やっぱりなんかおかしいのでは、と思う。体調が悪いとかではなさそうなので、もしかすると本気で遠距離恋愛になることに不安を抱いているのかもしれない。

え、やっぱりかわいすぎる。付き合いたい。

冗談ではなく本気だ。

付き合っている七香に、おれは何度も付き合ってほしいと思うのだ。

七香の手を取り、指を絡ませた。ちょうど校門をくぐるところだったので、この学校を卒業したあともおれたちはこうして一緒にいるのだと伝えるために、七香の手をやさしく強く握りしめる。七香の指先は冷たかった。

「何度も言ってんじゃん。おれは、七香の全部が好きだって。一年のときから何度も何度も言ってるだろ」

付き合って一年半だが、おれが七香に告白したのは一年の二学期だった。

「七香は覚えてないけど、小学五年生のときに七香に会った日から、おれはずーっと七香に惹《ひ》かれてた」

これも何度も言った。

あのとき、おれは四歳年下の弟を泣かせていた。家から数キロ離れた、おれの友だちの家の近くだった。

当時の弟はおれよりもはるかに体も小さく体力もないくせに、おれと同じことをしたがりどこに行くにもついてきた。そしていつも途中で疲れたとか飽きたとか帰りたいとか言い出すことに、不満を溜《た》めていた。

あの日も同じで、もう帰りたいと言って歩くのをやめた弟に対して、とうとうおれが怒ってしまったのだ。たしか友だちの家で発売されたばかりのゲームをする予定で、おれはそれを楽しみにしていたからだ。邪魔だとか足手纏《まと》いとか、そんなことを言った。弟は当然その言葉にショックを受けて、でも気が強いので大声で泣きながらおれにバカとかきらいとか叫んでいた。

ムカつくから弟を置いて友だちの家にひとりで行こうかとも思ったが、さすがに兄としてそんなことはできない。道端でわんわん泣き続ける弟に、通りすがりのひとたちがちらちらと視線を向けてきた。恥ずかしいしうるさいしで適当に宥《なだ》めようとしたが、弟はいつまでも泣き止まなかった。

途方に暮れていたそのとき、七香が現れた。

今はおれのほうが背が高いが、あの頃の七香はおれと同じくらいの身長だった。髪の毛はショートカットで、動きやすそうな格好をしていた。

七香は泣いている弟に『なに泣いてんの』と首を傾げた。そして『泣くより笑ったほうが楽しいよ』『あたし、これから公園に行くつもりなんだけど行く？』と弟の手を握りしめ、弟の返事も聞かずに軽やかに駆け出した。

強引な彼女におれも弟も戸惑いながらついていくと、公園のベンチに座らされて、何歳か、名前はなにか、どこの学校に通っているのか、など質問攻めにされた。

同い年だがおれとは別の学校に通っているらしい彼女は、『ちょうどひとりで暇だったんだよねぇ』と口を大きく開けて笑った。彼女には八重歯があった。たしかに、こんな子が同じ学校にいれば、おれは絶対に彼女を知っているはずだと思った。

泣いて、そして知らない少女に絡まれオドオドしていた弟は、いつの間にか笑っていた。最近ハマっているアニメの決めポーズをおれと彼女に披露するくらい機嫌がなおっていた。七香は弟と一緒にヒーローごっこをして、地面に寝転ぶことにもなんの躊躇《ちゅうちょ》も見せずに楽しんでいた。

太陽が沈みはじめると、彼女は『お母さんが帰ってくる時間だ』と立ち上がった。

夕焼けに、彼女の横顔が照らされていた。そのときの表情が目に焼きついた。

見とれているおれのほうを彼女は振り返り、『弟、泣き止んでよかったね』とまた八重歯を見せた。服は泥だらけだった。

「同い年なのに、泣き喚《わめ》く弟に対して狼狽《うろた》えず接した七香に憧れたなあ」

一目惚《ひとめぼ》れ、と言うには関わった時間が短すぎる。でも、おれの記憶には強烈に刻まれた出来事だった。

あれから何度か、また会えないだろうかと公園に足を運んだけれど、一度も会えなかった。中学生になる頃にはもう会えないんだろうなと諦め、思い出すことも減っていた。けれど。

「まさか高校で再会できるなんてって、めっちゃびびった」

「初対面で、七香！って名前叫ばれたわたしのほうがびっくりしたよ」

「七香があの日のこと覚えてなかったの、ショックだったなあー。まあ、一回だけだから仕方ないし、また会えたからいいけどさ」

昔は元気なイメージだったのが高校では一目見て優等生って感じになっていたけれど、おれはすぐに七香だとわかった。活発な面影はぱっと見ではわからないが、それでもおれは、気づいたのだ。長い髪も似合うね、と言った記憶がある。

七香はマジでなにも覚えていなかったようで、おれの顔を見ても、過去の話をしても、ぽかーんとしていた。いや、引いていたかもしれない。

となりの七香が微苦笑を浮かべてから、

「大知は、昔のわたしを好きになったの？」

とおれに訊く。

「んー、どうだろ。惹かれたのはたしかだけど……好きだと思ったのは、今の、昔とは雰囲気がかわった、高校での七香かな。まっすぐでしっかり者で、でもちょっとからかうとすぐ顔を真っ赤にするかわいいところも、真面目すぎてちょっと融通利かないところも、気遣いがすごくて、まわりにやさしいところも、全部好きだなって。だから、告白した」

正直、こんなにひとってかわるんだと思うくらい、七香はかわっていた。もう八重歯を見せるように口を大きく開けて笑わないし、テンションが上がって駆け出したりもしない。でも、入学して半年のあいだ七香と接して、七香を知って、おれは七香を好きになった。

いつ好きになったのかはわからない。ただ、好きだと気づいた瞬間は覚えている。高校一年の二学期、生徒会の選挙に出ることになった七香が、自己アピールのために壇上に向かって歩いている横顔を見たときだ。あのときおれは、雷が落ちたみたいな衝撃を受けた。そして、おれは七香が好きなんだ、とわかった。

告白したのはその直後で、そしておれの想いは伝えた瞬間、見事に玉砕した。七香に『そんなふうに見たことないから無理』と一蹴されてしまった。が、おれは諦めなかった。諦められなかった。むしろやる気になって以降一年ほどただひたすら七香に好意を伝え続け、最終的に七香が根負けしておれと付き合ってくれた。

嘘のつけない七香だから、おれに好意がなければどれだけおれがしつこくとも、絶対付き合わなかっただろう。そして、おれのことをきらいになっていれば一年半ものあいだおれと交際し続けることはなかったはずだ。

だから離れても、おれたちは大丈夫だと思っている。七香と遠距離恋愛になることに、おれはなんの心配も不安もない。

「おれは、今ここにいる、七香が好きだよ」

改めてはっきりと口にする。だから七香は安心してひとり暮らしをはじめていいんだと、想いを込める。我ながらなかなかかっこいいと思った。

「そっか」

が、七香の声がいつもよりも沈んだ。不思議に思い視線を向けると、七香は足を止める。目の前には駅があった。学校から徒歩五分の最寄り駅は、いつでもすぐに着いてしまう。おれと七香は家が反対方向なので、一緒に帰るだけのときは数分しかふたりで過ごせない。

「どした？」

動かない七香に呼びかけると、俯《うつむ》いていた七香はゆっくりと顔を上げる。そして、口を開く。

「大知が好きなわたしは、わたしじゃないよ」

「は？」

なにを言っているのか意味がわからず、素《す》っ頓狂《とんきょう》な声をあげる。

七香は片頬を引き上げて、つないでいた手をほどいた。

「わたしがこれまで、躊躇なくひとを殺してきたって言ったら、どう思う？」

マジでなにを言っているんだろう。さっぱりわからなくて、頭の中がクエスチョンマークに占領される。が、なんとか言葉を紡《つむ》ごうと考える。

「い、や。そんなわけないじゃん」

「じゃあ、ひとを殺すことを、大知はどう思う？」

「どうって、そりゃあ、よくないだろ。どんな理由があっても、おれは、わざわざ誰かを傷つけることをする必要はない、と思う」

答えたものの、本当にそれが自分の意見なのかはわからなかった。だからって事情があるならひとを殺しても仕方ない、と思っているわけでもない。なんというか現実味がないというか。そもそも七香がひとを殺すわけがない。もしも殺していたら――七香なら事情があるかもしれない、という思いよりも、七香がそんなことを選択したことにショックを受ける気がする。

「だよね」

まるでおれが考えていることを察したかのような返事だった。

「じゃあ、別れよう」

「え？　いやいやいや、なんで？　じゃあってなに？　別れるわけないじゃん！」

話がまったくつながってないんだけど！

すぐさま背を向けて去っていこうとする七香の手を掴《つか》む。

なに勝手に話を終わらせて帰ろうとしてんの。

「待って待って、なに考えてんの？　なんなんだよ。意味わからなすぎるって！　っていうか別れないし！」

おれのことをきらいになったのかと不安になるけれど、七香ならそうならそうと言うはずだ。こんな曖昧《あいまい》な状態で去ろうとはしない。

なにか事情があるのではないか。いやだからってこの話の流れではおかしすぎるし、七香の説明がなさすぎる。それは、七香らしくない。

引き止めるおれに、七香は今にも泣きそうに顔を歪《ゆが》ませた。

それはなんでだ。

高校生になってからずっと七香を見てきた。付き合って、それまで知らなかった七香の姿もたくさん見て、おれは七香のことを誰よりも知っている、理解していると自信があった。でも、今は七香のことがなにもわからない。

「別れるかどうかはさておき……ちゃんと話してくれないと、わかんねえよ」

おれの言葉に、七香は歯を食いしばるように唇を噛《か》んで、ゆっくりと、恐る恐るといった様子でカバンの中から一通の封筒を取り出した。ほんとはこれも渡したくなかったけど、と小さな声で呟いて、おれに差し出す。

「これを読んで、そして、よく考えて」

真っ白な封筒だった。

七香の手が小刻みに揺れていて、受け取りたくないと感じた。けれど受け取らざるを得ない、と七香を掴んでいた手を放す。思いの外ずっしりとした厚みと重みのある手紙に、意識が七香からそれてしまう。それを待っていたかのように、七香はおれから一歩離れる。そのままくるりと背を向けて歩きだした。

「ちょ、ちょっと！　待って！　七香」

去っていく七香を呼び止めようとするけれど、七香は足を止めない。

この手紙はなんだ。読んで考えるってなにを。

こんなまどろっこしいことをするのはなんでなのか。

七香はおれのことを好きだと、そう信じていた。おれが好きだと言えば、恥ずかしそうに、ちょっと困ったように眉を下げて笑った。そのときいつもほんのりと頬を赤く染めていた。学校が長期休みに入ると『学校で会えなくなるのはさびしい』と言ってくれた。受験勉強で毎日のように予備校に通うようになると『なかなか大知と遊べないな』としょんぼり肩を落とした。おれが大学に合格したら誰よりも喜んでくれたし、おれが友だちと遊ぶ予定が入るたびに『わたしはまだ勉強しなきゃいけないから大知と一緒にいられないのに』と拗《す》ねた。

その言動すべてから、七香の愛情を感じることができた。そのはずだったのに。

「七香は――おれのこと、好きじゃなかったのか？」

まわりにひとがいるのも気にせず叫んでしまう。

七香がやっと足を止めて、そして、振り返った。

「わからない」

その声は、七香が口にしたものなのかわからないくらいに、小さかった。

「好きだったかどうかも、わからない」

彼女は今、どんな表情をしているのだろう。逆光で、よく見えなかった。


わたしは、これまでたくさんのひとを殺してきました。

そして、これからまた、わたしは殺すつもりです。

と、突然こんなことを言われて、大知はきっと戸惑っているでしょう。この手紙を受け取っているということは、わたしからの別れに納得しなかったからで、その時点で大知はわけがわからなくて頭を掻《か》きむしっているかもしれないね。

いつか、大知には言わなきゃいけない日が来るんだろうなと思っていました。別れも、この先書くわたしの過去も。

本当なら、直接伝えるべきかもしれません。でもうまく話せる自信がないので筆を取りました。

ちょっと長くなると思うけれど、最後まで読んでくれたらうれしいです。いや、大知は読まなきゃいけないので、頑張って読んでください。


まず、わたしが殺した最初のひとについて話します。

彼女は小学生でした。ショートカットで、いつも明るく元気に動き回り、口を大きく開けて笑う女の子でした。物怖じしない性格だったので、誰にでも、見知らぬひとにもよく話しかけていました。なので友だちは多かったと思います。

友だちには一緒にいると楽しいとか、元気になるとか言われていました。テストの点数が低くてからかわれても、男子からの冗談交じりのムカつく発言にも、彼女はいつも笑っていました。

そして、家の中でも彼女は笑っていました。

自分がバカなことをすれば、両親が笑ってくれるのを知っていたからです。

父親はおもしろくてやさしいひとでした。決してその子や母親に声を荒らげるようなことはありませんでした。いつも冗談を言って彼女を笑わせてくれました。ただ少し、鈍感なところがあっただけで、家の中のことに気遣いができないだけで。母親はそんな父親に苛立《いらだ》っていましたが、その子にとっては大好きな父親でした。

母親はしっかり者で、理不尽なことで叱るようなことはせず、結果を重視し、褒めるときは思い切り頭を撫《な》でてくれました。ただちょっと気性が荒く、曲がったことがきらいで、ひとに厳しく口うるさいひとでした。父親はそんな母親に辟易《へきえき》していましたが、その子にとっては大好きな母親でした。

大好きなふたりはあまり仲が良くなく、その子がいなければ会話もしませんでした。言葉を交わしたかと思えばケンカをし、ケンカのあとは決まって母親が泣いていました。

誰かが泣く姿を見るのは、とても苦しいです。泣きたい気持ちになります。

だから、その子は笑っていました。自分が泣いたら誰かが自分と同じように苦しむだろうと思ったからです。笑えば、なんとなく自分も楽しい気分になるからです。誰かにバカにされても、呆れられても、笑って聞き流せば気にならないし、場の空気だって悪くなることがないからです。

そして彼女は、両親にも笑ってもらおうと、一緒にいる時間を楽しく思ってもらおうと、そうすればいつかまた、両親は仲良くなるはずだと信じて常に笑顔でいることを心がけて過ごしていました。ふざけたことをして、はしゃいで、両親と接しました。その子の振る舞いに、両親はときおり笑顔を見せてくれました。

多少の無理をしていたけれど、それは彼女らしい考えと、彼女らしい振る舞いで、決して必死になって道化を演じていたわけではありませんでした。

でも、彼女は小学生だったこともあり、楽観的でした。父親に似て少し、鈍感なところがあったのかもしれません。母親に似て、結果を重視しすぎたのかもしれません。

笑っているから大丈夫だと、笑ってくれたから自分のしていることは間違っていないのだと、そう思っていたのです。そんなのは、その場しのぎにすぎなかったのに。根本的な解決にはなにもなっていなかったのに。

結局、両親は離婚することになりました。小学校卒業間近のことでした。

重苦しい話し合いの場で、彼女は父親と母親のどちらと暮らしたいかと訊かれました。ふたりとも沈んだ表情で、空気が張り詰めていて、それに耐えられずに彼女はいつものように冗談を言いました。なに言ってるのふたりして、わたしをからかってるんでしょー、と笑い飛ばしました。

「そういうのはいいから」

「ふざけてないでちゃんと話を聞きなさい」

父親と母親に叱られました。呆然《ぼうぜん》とする彼女に「あんたはいつも……そんなんだからお母さんもお父さんも……」と目に涙を浮かべた母親が言葉をこぼしました。父親は母親を一瞥《いちべつ》してから立ち上がり、彼女に近づき言いました。

「ちゃんと、考えないといけないことなんだよ。なんでも思ったまま、口に出しちゃいけないときがある。ひとの話を聞いて、まわりの気持ちを考えて、話さないといけないときがある。今は、そのときなんだよ」

今までの自分の振る舞いが否定されたかのような気分になりました。

結局彼女はそのあとなにも言えず、黙ったままでその場を過ごしました。はじめて両親の前で、彼女は口を閉ざしていました。

それが正解だったのか、両親はケンカをすることなく話し合いが進みました。

彼女は母親と暮らすことになりました。最後に「それでいいか」と訊《たず》ねられたとき、彼女はただこくんと頷《うなず》き、その反応に両親はほっとしたように頬を緩ませました。

小学校の卒業式が終わったら父親は家を出ていくことになり、彼女と母親は母親の実家近くに引っ越すことになりました。知り合いの誰もいない中学校に進学することにさびしさを抱きましたが、彼女はなにも言いませんでした。

卒業式には、両親が揃《そろ》って出てくれました。三人で並んで写真を撮りました。最後だとわかっていた彼女は、できるだけ笑顔でいるように心がけました。暗い顔をした写真を残したくなかったからです。

けれど、それを見た友だちが「仲がよくていいね」と言いました。なんて返事をすればいいのかわからず、曖昧に微笑みました。すると、みんなと同じ中学校に進学するにもかかわらず卒業を悲しんで泣いている友だちに、「学校が離れるのになんで悲しそうじゃないの？」と訊かれました。「そんなことないよ」と返事をすれば「でも笑ってるじゃん」「たいしたことないんでしょ」「どこに行っても大丈夫そうだしね」となぜか責めるように言われました。

実際のところ、彼女たちが責めていたのかはわかりません。

ただ、彼女はなにひとつ、悲しさを抱いていないと思われたのです。

別の中学に行くことに、なんの不満も不安もないと、そう決め付けられたように感じました。

本当は不満と不安と悲しさでいっぱいだったのに。

そのとき、彼女は気づいたのです。

笑っているからそう思われるのだと。これまでの自分の態度から、まわりはそう受け取るのだと。そして――そんなまわりの言葉が両親の耳に届けば、ふたりは複雑そうな顔をするのだと。

両親は、家族がバラバラになることにも、これまでの生活がなくなってあたらしい日々を過ごすことにも、彼女はなにも感じていないのだと思ったようでした。離婚を決めたのは両親なのに、そのことにショックを受けているように見えました。

彼女は、自分が笑っていたせいだ、と思いました。

今までの自分ではだめだと。このままではいけないのだと。

だから——わたしは、彼女を殺しました。


「そういうことか」

七香の手紙をキリのいいところまで読み終えて呟いた。

普段小説なんか読まないので、七香の手紙を読むのにだいぶ集中力を使ったらしい。ふいーっと息を吐き出してベッドに横になる。帰りの電車の中で読もうと思ったけれど、書き出しと紙の分厚さから家に着いてからにしてよかったと思う。ちなみに手紙は今で三分の一というところだ。

ひとを殺した、なんて言うからどういうことかと思ったけれど、物理的ではないうえに、自分のことだったとは。

たしかに、手紙の中の〝彼女〟はおれが過去に会った七香の姿そのものだった。高校生になって再会した七香がまったく違っていた理由もわかった。

今の七香がおれの家から徒歩圏内ではない場所に住んでいるのは引っ越したからだ

と聞いていたが、親の離婚がきっかけだったのは知らなかった。

このことが七香にとって深い傷になっているのだろうか。許せないことなのだろうか。ひとを殺した、という言葉を使うほどに。そして、おれと別れを考えるほどに。

でも、自分で自分を殺せるものなのだろうか。

おれには無理だ。けれど実際、七香はかなりかわっている。自分を押し殺している、にしては、無理をして振る舞っているようにも思えない。

そこまで考えて、ふと、七香の口から父親の話を聞いたことがあるのを思い出す。

離婚しているはずなのに。どういうことだろう。

天井を見つめながら首を傾げ、この先を読めばわかるのだろうと手紙をめくる――と、ベッドヘッドに置いていたスマホから軽快な曲が流れてきた。七香かも、とすぐに手に取り、表示されていた名前がカンタであることにがっくりと肩を落とす。

「うはーい。なんだよ」

『なんだよってなんだよ。大知が約束の時間過ぎてんのに待ち合わせに来ねえから心配して連絡してるんだけど？』

「……待ち合わせ、って、あ！　忘れてた！」

慌てて体を起こし壁にある時計を見ると、四時半だった。四時に家の近くのコンビニで会う約束していたんだった。

『珍しいな、大知が約束忘れるなんて』

「まあ、ちょっといろいろあって」

カンタに今日七香となにを話したかは言うつもりはない。こいつのことなので

『ざまあ』と笑うはずだし、明日の卒業式には同級生におれと七香が別れたという話を広められてしまう。まだ別れたわけではないのに。別れようと言われただけだ。

『んじゃ、いつものカラオケに入って待っとくから、来いよ』

「あー……」

正直、今はカンタと遊ぶ気分ではない。七香の手紙の続きも読みたい。

調子が悪いと言って誘いを断ろうか。

『久々に中学のメンツが集まるんだからちゃんと来いよー！』

うぐ。まるでおれがめんどくさがっているのを察したかのように念を押しやがった。

さすが小学校からの長い付き合いなだけある。なんなら幼稚園から一緒だもんな。数え切れないほど遊んで、ケンカをした仲だ。そして、学部は違えど同じ大学に進学することが決まっている。腐れ縁にも程がある。

「わかったよ」

カンタとは明日また会えるし、これからも長い付き合いになるだろう。けれど、同じ小中学校出身のこれまでは頻繁に遊んでいた同級生たちは、大学に進学するやつも

いれば、就職するやつも、遠くの地でひとり暮らしをはじめるやつもいる。今日を逃すとなかなか会えなくなるし、全員が集まるのも難しくなるはずだ。

七香の手紙に後ろ髪を引かれながら、服を着替えて家を出た。


「おっせえよ！」

カラオケ店に着いてカンタから教えてもらった部屋に入ると、マイク越しに同級生のひとりが叫んだ。小中同じ学校だった勇次郎《ゆうじろう》だ。大部屋にはかつての同級生が十人以上詰め込まれていて、めちゃくちゃ騒がしくカオスな雰囲気が充満している。

中学校近くにあるこのカラオケ店は、駅から近いわけではないが、同級生たちが徒歩や自転車で集まることができる場所にあるため、溜まり場のひとつになっていた。学生だけではなく教師たちや近所に住むおばさんたちもよく利用するようで、それなりにいつも混んでいる。今日も通り過ぎた部屋からは様々な歌声が漏れ聞こえていた。

その中でも一番うるさいのはこの部屋だ。

「うわー、ひさびさあ！　大知だよね？」

入り口に近い場所に腰を下ろすと、となりの女子が声をあげた。

「え、わ！　もしかして森下《もりした》？　え、なんでここにいんの？」

「なんでって、なにそれー」

「いや、だって、いると思ってなかったから。びっくりした」

思いがけない再会に目を見開く。

小学校四年のときに引っ越した森下がいるとは思わなかった。数年前の集まりで会ったきりだ。よく遊ぶ女子のひとりが、離れても森下とかなり親しい付き合いが続いているとは言っていたけれど。

「大知はかわってないねえ」

「森下もあんまりかわってねえよ。すぐ気づいたし」

「それもそれでなんか微妙だなあ」

ぶはは と笑った森下は「ドリンクバー行くけど、なんか取ってきてあげようか？」と立ち上がる。おれも行くよ、と腰を上げて部屋を出た。

「森下は卒業したらどうすんの？」

騒がしい廊下を歩きながら、となりの森下に話しかける。

「うちの女子校の付属の大学に進むよー。実家から通えるけど、ゆくゆくは家を出るつもり」

どうやら合コンで出会ったひとつ年上の彼氏がひとり暮らしをしているそうで、森下は、そのうち同棲《どうせい》するつもりなんだよね、と言った。幸せそうでなによりだ。

「そういえば、さっきカンタに聞いたんだけど、大知って大河内《おおこうち》さんと付き合ってるってマジ?」

「え、あ、そうだけど……なんで七香の苗字?」

大河内、と七香の名前を呼ぶ森下の口調はかなり自然だった。それに、カンタは七香のことを〝ななかちゃん〟と呼んでいるのに、なぜ苗字を知っているのか。

「世間は狭いよねぇ。あたし、大河内さんと同じ中学校に通ってたんだよ。同じクラスになったこともある」

まさか七香とつながりのある友人がおれにいたとは。驚きだ。

ドリンクバーコーナーに着くと、森下はアイスティをグラスに注ぎ、おれは炭酸ジュースを選ぶ。

「大知と大河内さんが付き合ってるなんて、意外すぎてびっくりしたよ」

「なんだよそれ。優等生とお調子者だからか?」

七香と付き合ったときに散々言われたことだ。カンタには七香がすぐにおれに呆れて振られるはずだとも言われた。カンタに限らずほとんどの友人がそう思っていただろうが、予想に反しておれと七香の付き合いは長く続き――いや、今現在不穏な状態ではあるけれど……。

「いや、まずそれがびっくりなんだよね」

森下が立ったままアイスティに口をつける。

「え？」

「大河内さんが優等生ってところ。しかも生徒会長だったんでしょ？　あたしの知ってる大河内さんとは別のひとのこと話してんのかと思った」

え、と再び首を傾げる。

「成績は昔からよかったから優等生っちゃあそうかもしれないけど、人前に立ってしゃべるとかイメージできないくらい……なんていうか、物静かな、教室でいつもひっそりひとりで過ごしてる子だった、かな」

言葉を選ぶように森下が言った。

おれのほうこそ、森下と同じ中学校に通っていた大河内という名前のひとと、七香は別人なのではないかと思う。

高校で出会った七香は、入学してすぐのクラスの中心的存在になるほど存在感があった。一年から生徒会に入っているのも、クラスメイトに選挙に応募してみたらどうかと推薦されたのがきっかけだ。生徒会長になるときも、誰も反対せずに決まったと聞いている。壇上でハキハキと話す姿なんかはめちゃくちゃかっこよく、下級生にも人気だった。

「話しかけられない限り誰とも話さず、ずっと俯いている感じで……そのせいなのかほかにもなにか理由があるのかは知らないけど、一度クラスでいじめっぽいこともされてたって聞いた」

「いじめ？　七香が？」

驚きのあまり大きな声を出してしまう。

「二年のときのことで、その頃同じクラスじゃなかったからよく知らないけどね」

七香がいじめの対象になるなんて、まったく想像できない。間違ってると思えば誰に対しても言い返し、もしもいじめの現場を見かけたら絶対に黙って見過ごすようなことはしないタイプだ。そんな七香が、いじめられる立場になっていたなんて。っていうか、話しかけられない限り黙っている様子も想像できない。むしろ七香はクラスでおとなしい子に対しても積極的に、けれど適度な距離感で話しかけていた。

呆然としていると、森下は「なにがあってそんなにかわったんだろうね」と不思議そうに言った。

〝なにがあって〟

森下の言葉を脳内で反芻《はんすう》し、七香からの手紙を思い出す。

中学生の七香について、おれは知らない。手紙も、まだ小学校時代のことが書かれた部分しか読んでいない。

両親の離婚をきっかけに、それまでの自分を〝殺して〟七香は中学では別人になったのだろう。手紙から、そう察することはできたけれど、森下の話を聞くに、おれの想像以上だ。

「あたし一年と三年で大河内さんと同じクラスだったの。休日に遊ぶようなことはなかったから友だちとは言えないかもしれないけど、メッセージのやり取りはしてたから、まあ結構仲がよかったと思うんだよね」

えへへと森下が笑う。

「一緒にいるとなんか心地よくて、好きだったんだ、大河内さんのこと」

「それは、なんかわかるな」

話し方なのか、声なのかわからない。もしかしたら聞き上手なのかもしれない。

おれも七香と一緒にいると心が落ち着く。それと同じくらい浮かれるけれど。真面目な部分も好きだし、軽口をたたき合うこともできるノリのいいところも好きだ。

「あたしとしてはさ、高校に進学しても、仲良くしたいなーって思ってた。学校が離れたら逆に休みの日に遊びに行ったりできるかもって。でも——そう思ってたのは、あたしだけだったみたい」

森下は少しさびしそうに視線を床に落とした。

「卒業したら、連絡取れなくなっちゃって、それきり」

最後の会話は、卒業式だったらしい。

森下は表情に後悔を滲《にじ》ませていた。これからも仲良くしようね、とはっきり言えばよかった、と小さな声で呟く。

「生徒会長の大河内さん、どんな感じか気になるなあ」

「……すげえ、かっこいいよ」

おれがそう言うと、森下は安心したように微笑む。

ふと、おれは以前七香と一緒に街中を歩いているときに出会った三人組の女の子たちのことが蘇《よみがえ》った。

七香と目を合わせた女の子たちは『あ』と声をあげた。けれど七香はすぐに目をそらし、なにも言わずに彼女たちを素通りした。知り合いじゃないのかと訊いたおれに、七香は『知らない』と答えた。

あのときは、相手が勘違いをしたのだろうと思った。

でも、もしかするとあの子たちは、いつかの七香の友だちだったのかもしれない。


小学校卒業と同時にわたしはそれまでの自分を殺し、新たなわたしに生まれかわりました。

それまでの交友関係もすべて、手放しました。だって小学校時代のわたしは死んだのです。死んで別のわたしになったのだから、以前の友人と親しくする必要はないと思ったのです。

あたらしい環境で、あたらしいわたしの生活がはじまりました。

これまで明るく振る舞って常にわらっていたけれど、それではいけないのだと知ったので、あたらしいわたしは物静かな性格になりました。なにも言わず、まわりにすべてを任せました。

でも、わたしがそう意識せずとも、きっとわたしは同じような性格になっていたでしょう。

引っ越したのは、小さなアパートの一室でした。アパートと言っても築年数がかなり経《た》っている古いものではなく、きれいで素敵な部屋でした。そこでわたしは母親とのふたり暮らしをはじめましたが、実際にはひとり暮らしのようでした。

母は以前勤めていた会社の営業としてフルタイムで働くようになり、接待などで夜遅くに帰宅する生活になりました。相当忙しかったのかストレスが溜まっていたのか、母は帰宅後にわたしと話すことを避けました。何度か話しかけたとき、黙ってて、と言われたことがあります。朝も二日酔いだなんだと母はほとんど無言でした。休みの日も部屋に籠《こも》りよく仕事をしていました。

わたしは母に迷惑をかけないように家の中では必要最低限のことしか話さず、なおかつ母を煩《わずら》わせないように自分のことは自分でしていました。掃除や洗濯はもちろん、中学二年になる頃には料理も一通りできるようになりました。母親とのやり取りは、冷蔵庫にあるホワイトボードでした。

部活も習い事もなく、学校と家を往復するだけの生活で、ときどき、母がテーブルに置いてくれていたお金で買い物に出掛ける以外、外に行くことはありませんでした。

話をしないでいると、どんどん、声の出し方すらわからなくなりました。

学校が終われば家にすぐに帰っていたため、友だちと呼べるようなひとはひとりもいませんでした。ときどき話をするひと、メッセージのやり取りをしてくれる奇特なひとが数人いただけです。

暗い性格になっていたと思います。クラスメイトが気を遣って話しかけてきてくれたり遊びに誘ってくれたりもしましたが、わたしはいつも断りました。物静かなわたしでは、学校の外でみんなにどう振る舞えばいいのかわからなかったし、家でやるべきこともあったので。それがどうやらクラスメイトを拒否しているように映ったらしく、一時期クラスの女子に無視されたり陰口を言われたりしました。

けれど、そのことにわたしは特になにも感じませんでした。わたしの素っ気ない態度はまわりを不快にさせていたんだと気づき、申し訳なく思っただけです。

当時のわたしは、明るく振る舞わなくていいことが、まわりから一歩引いて過ごすことが、とても楽だと感じていたのです。

誰とも話さなくていい、というのは、誰のことも気にしなくていい、ということです。自分がどうしたいのかすら、考えなくていいのです。だから、クラスの女子の態度に、なにひとつ傷つくようなことはありませんでした。

　母と会話はなかったけれど、それはつまり、ケンカしたり叱られたりすることもなかったので、親子の仲が悪かったわけではありませんでした。ホワイトボードにはときどき「いつもありがとう」や「ごめんね」と書かれていることがあり、それだけでわたしは満足でした。今も、あの頃わたしを女手ひとつでなに不自由なく（家事をしていたことは別として）育てようと日々働いてくれた母には感謝ばかりです。きっと、わたしが想像する以上に大変な日々だったと思います。

　そして、そんな母はわたしが中学三年の夏休みに、付き合っているというひとを紹介してくれました。

　取引先の男性らしく、母よりもふたつ年上の、明るい男性でした。はじめて一緒にご飯を食べたとき、そのひとはずっとしゃべり続け、母親はそれに対してケラケラと楽しそうに笑っていました。わたしはその様子をぼうっと眺めていました。

　とてもいいひとでした。冗談が好きなひとでしたが、とても真面目な一面があり、わたしのことを常に気遣ってくれました。清潔感があり、家で食事をしたあとは「七香ちゃんはゆっくりしてて」と食器を洗ってくれました。

わたしは素敵なひとだと思い、母との関係を祝福していました。だから、このひとがわたしのあたらしい父親になると言われたときも、反対する気持ちは微塵もありませんでした。

けれど、再婚が決まった中学三年の冬、わたしは母とあたらしく父になる男性の会話を聞いてしまったのです。

「七香ちゃんはいい子だけれど……ちょっとおとなしすぎてどう接すればいいのかわからないな。彼女は実際ぼくを不満に思ってるんじゃないかって、不安だな」

あたらしい父親の言葉に、母は「昔はあんな暗い子じゃなかったんだけど」「父親がいなくなって塞《ふさ》ぎ込んでしまったんじゃないかな」「あなたと一緒に暮らしたら、きっとあの子はかわるはず」と言っていました。

その数日後、母から直接、言われました。

「もしもなにか不満があるのなら、はっきり言ってちょうだい」

首を横に振ると、母は困ったようにため息をつき、「なにも言わないからわからないのよ」と途方にくれた顔をしました。

「あのひとがいやならそう言って。そうじゃないなら、あのひとと、もう少し仲良くしてくれない？」

「彼、七香がどう思っているかわからなくて不安らしいの」

「今まで一度も、あのひとに話しかけてないんでしょ。なんでもいいから、話しかけてみて、そしていやな感情がないならそれを言葉にして伝えてあげて」

なにも話さない暗いわたしでは、母とあたらしい父親の関係に支障をきたすことになるかもしれない、と気づきました。

わたしが黙っているとクラスメイトが不快に思ったように、あたらしい父親も同じように感じるのだとわかりました。学校では仕方ないかと思っただけでしたが、母の再婚相手となると母に迷惑がかかってしまいます。でも、当時のわたしはすでに〝余計なことを言わないおとなしいわたし〟だったので、どうすればいいのかさっぱりわかりませんでした。

昔のように笑えばいいのだろうか。でもあのときのわたしは殺してしまいました。

数日、自分のすべきことはなんなのかを考え続けました。ちょうど、そのときでした。クラスで唯一、わたしによく話しかけてくれる女の子が友だちに「なんであんな暗い子と仲良くするの」と言われていました。「いいじゃん、あたしがそうしたいんだから」と言い返した女の子に、まわりの友だちは呆れていました。

あの女の子も、もしかしたらわたしを気遣ってくれたせいで、それまでの友だちとの関係に亀裂が入ってしまったかもしれない。そう思うと、母のためにも、わたしのまわりのひとたちのためにも、このままではいけないんだと本気で思いました。

では、どうするのか。

わたしは、かわらなくちゃいけない。

だからわたしは、また、わたしを殺すことにしました。


「本日このよき日、わたしたち卒業生のために、晴れやかな卒業式を挙行していただいたこと、心より感謝いたします」

体育館の壇上の中央に立って話す七香の凜《りん》とした姿を、見つめる。

七香はまっすぐに前を見ていて、手元の用紙を確認することなく堂々とスピーチしていた。おれは、ただの一卒業生として、座り心地の悪い椅子に座って七香を見上げている。

――おれは、七香のことをなにも知らなかった。

おれの知っている七香は、今こうして大勢のひとの前に立っている、同級生の代表としてみんなに認められている高校生の七香だ。

昨日の夜、最後まで七香の手紙を読んでから、ずっと七香のことを考えている。小学生の七香と、中学生の七香。消えてしまった、七香が殺したというふたりの七香を、おれは知らない。この先も知ることはないだろう。

おれが好きになったのは、どこからどう見ても優等生で、誰にでもやさしく、自分というものをしっかりと持っている、背筋を伸ばして立つ彼女なのだ。過去に七香と会って、高校で再会した七香に近づいた。けれど、おれが憧れ好きになったのは、今の七香だ。手紙を読んで、改めてそう思う。

答辞を読み終えてぺこりと頭を下げた七香が、おれを見つけた。視線がぶつかったのがわかった。

彼女の瞳がさびしげに揺れているのは、卒業することに対してなのか、それとも手紙を読んだはずのおれが、昨晩なんの連絡もしなかったことに対してなのか、それとも——。

式が終わって体育館をあとにすると、すぐに教室に戻る。そこで改めて卒業証書を担任から渡され、最後のホームルームがはじまった。担任は目に涙を浮かべていて、クラスの女子の何人かがすすり泣きをしていた。

担任がいなくなれば、ところどころで写真撮影が行われる。スマホやデジカメのシャッター音が響く中、ひとりそっと教室を出て靴箱に向かった。

七香はきっと、誰とも写真撮影をせず、逃げるようにそそくさと帰路につくはずだからだ。

その予感は大当たりで、おれが靴箱に着いてすぐに七香がやってきた。いつも誰かと一緒だったのに、今日はひとりきりで。

おれに気づいた七香が驚きに目を見開く。

「大知」

「よ。答辞お疲れ様。見てたよ」

おれはいつものように七香に近づいていく。

「一緒に帰ろ」

「……友だちは、いいの？」

「また、いつでも会えるから。おれは」

おれの返事に七香は「そっか、そうだね」とさびしげに微笑んだ。

靴を履き替えて並んで歩きはじめる。

「手紙読んだよ」

昇降口を出ると、校門近くに並んでいる桜の木々が視界に入った。まだ開花には時間がかかるようで、花はひとつも咲いていない。ほんのりと枝先がピンクに染まっているのは、蕾《つぼみ》だろう。

「すげえ長かった」

「だよね」

おれの口調が軽いからか、七香がははっと軽やかな笑い声をあげる。

「あ、なーなかあー！」

背後から七香を呼ぶ声が聞こえて振り返ると、廊下の窓から顔を出してこちらに手を振っている女子が見えた。

「写真撮ってないのにもう帰るのー！　なんでー！」

大声で呼びかける女子に、七香はひらひらと手を振るだけで足を止めることはなかった。七香と同じクラスの女子だ。七香とよく一緒にいた。いつも、七香のことが大好きだとわかる言動をしていた記憶がある。

「――あの子も、殺すのか？」

七香はぴたりと動きを止めた。

友だちだったはずのあの子と写真を撮らず教室をあとにして、呼びかけられた今も返事をしないで笑って誤魔化し帰ろうとしている。そして、春がやってくるまでに、いや、もしかしたら今日の帰宅後すぐに、七香は彼女との関係を断ち切るのだろう。

「七香はまた、自分を殺すんだろ。手紙に、そう書いてただろ」

「……うん、そう、そうだね」

七香の声は、おれたちのあいだを通り過ぎた風に攫《さら》われてしまったかのように、小さかった。

高校生になったあたらしいわたしは、積極的にひとと話すようになりました。義父にも意識して声をかけ、感情を顔に出すように努めました。その甲斐《かい》あってか、義父との関係は決して悪くなく、その様子に母親も安心したようでした。

学校ではすぐに友だちができました。顔を上げて声を出せばクラスメイトはわたしを避けることなく、わたしが話しかければ笑顔を見せてくれるのです。

中学生のわたしは死んだ。

そう思えば、高校で明るく振る舞うことなどなにひとつ難しいことではありませんでした。あれほどどうすればいいのかと悩んだのが信じられないほど簡単なことでした。一度経験済みだから、あっさりとそれまでの自分を自分の中から消し去り、あたらしい自分を作り出すことができたのかもしれません。

大知に声をかけられた日のことは、はっきりと覚えています。

小学校のときのわたしをわたしは殺していたので、大知と出会ったことは予想外で戸惑いました。わたしはできるだけ、かつて住んでいた地域のひとたちがあまり通わない学校を選んでいたので。数人は記憶にある同級生もいましたが、そのひとたちはみんなわたしの変貌ぶりに驚いていたのかほとんど話しかけてきませんでした。だから、本当にびっくりして一瞬頭が真っ白になりました。

大知は、わたしが小学生のときに会ったことを覚えていないと言っても、気にすることなく、けれどかつてからの知り合いのように親しげに話しかけてきました。あの頃のわたしと別人であることを他人に知られてしまうのは喜ばしいことではなかったので、できればあまり関わり合いたくないと距離を取ろうとしていました（あ、覚えていないのは本当のことです）。

けれど、大知は当たり障りのない対応をされているのに気づいていないのか、気づいていて無視しているのか、ぐいぐい絡んできました。

そしてあろうことか、わたしに告白してきました。

なんの恋愛感情も抱いていないどころか、避けたい相手に告白されるなんて思ってもいなかったです。なので丁重に、はっきりとお断りをしました、が、大知はそれからもずっと、学年中にも知れ渡るほどしつこくわたしに告白し続けました。無事に一年から二年になりクラスが離れたというのに、それでも大知はわたしのことをまったく諦めようとはしませんでした。

いったい何回大知に告白されて、何回わたしは断ったでしょう。

なんでこのひとは落ち込まないのか、諦めないのか、笑っていられるのか、不思議でしょうがなかったです。

何発もピストルで急所を撃たれているのに倒れないゾンビのようだと思いました。

ちょっと、いやだいぶ、怖かったです。

でも、それよりも不思議なのは、そんな大知にどんどん惹かれている自分でした。

いつからか、わたしは大知に告白されてすぐに断りの返事をすることに躊躇するようになりました。友だちのひとりが、「大知くんって下級生に人気があるんだって」と教えてくれたとき、もやっとしたものが胸に広がりました。

ああ、これが好きってことなんだと、そう気づいて、そしてわたしはやっと大知の告白を受けいれました。

自分が誰かを好きになり、誰かと付き合うことになるとは、想像もしていませんでした。

でも、あのときのわたしは、喜んでくれる大知を見て、幸せだと感じました。

大知と付き合ってから、大知のそれまで見えていなかった部分を知りました。

友だちが多いと思っていたけれど、わたしが考えていたよりもはるかに多くの友だちがいました。学年の違う生徒とまるで長年の友だちのように話していたのに、誰かと訊いてみれば名前も知らない初対面の相手だと答えが返ってきたときは驚きました。

カンタくんとはしょっちゅうケンカをしているのに、楽しそうに笑い合っている姿をよく見かけました。ふたりがどういう関係なのかは、今もよくわからないです。でも仲がいいのはわかります。

小学校時代の友だちとも、中学校時代の友だちとも、大知はたくさん遊んだり連絡を取ったりしていました。昔から親しかったのかと思えば、同じクラスになったことがないとか、あの頃は話したことがなかったとかいうひともいましたね。

大知を昔から知るカンタくんは、大知は昔からずっとかわらない、そのまま成長している、と言っていました。

大知は、これまでの日々を積み上げて、今の大知なんだと、思いました。

一度、街中で声をかけられたことを覚えていますか？　あの子たちは、小学校のとき、親しくしていた友だちでした。でも、わたしは彼女たちを無視しました。大知に知らないひとだと、そう言った記憶があります。

過去の殺したわたしの知り合いは、今のわたしの知り合いではありませんから。

その証拠に、わたしは彼女たちの名前を思い出せませんでした。一緒にいたことは記憶にあるのに、名前がちっとも浮かんできませんでした。家に帰って卒業アルバムを見て確かめればすぐに思い出すでしょうが、そうする必要性を感じず、わたしは今も彼女たちの名前は知らないままです。

わたしは、これまでの日々を何度も壊して、今のわたしなんだと、そう強く感じました。

過去は今のわたしに不要なものになっているのです。

わたしはわたしを殺すごとに、わたしのまわりにいたひとたちのことも殺したんだなと気づきました。わたしは思っていた以上のひとを、躊躇なく、安易に、消し去ってきたんです。

大知は、いつもわたしのことを「かっこいい」と褒めてくれました。

かっこよくて、やさしい。

堂々としていて、みんなの憧れの生徒会長。

おれはそんな七香が、好きだ。

何度もそう言ってくれて、それがうれしかった。

でもいつからか、そう言われるととても虚しく感じるようになりました。

わたしは決してかっこよくないです。

小学生のわたしはへらへらとなにを言われても笑って、お調子者のように振る舞っていました。堂々としている姿も、偽物です。中学生のわたしは、ずっと俯いてひととの関わりを避けていました。高校生になって生徒会役員になりましたが、友だちに勧められて断る理由がなかっただけで（決していやな仕事ではなく〝今の〟わたしにはぴったりでしたが）これまで一度だって人前に出てしゃべったり、代表になったりしたことはありませんでした。

なによりもわたしはやさしくありません。

自分を、そしてまわりのひとたちを、何度も殺して消した非情な人間です。

では、大知が好きになったわたしは、いったいなんなのでしょう。

今のわたしは、わたしが意図的に作り出したわたしです。

本当のわたしはどんなわたしなんでしょう。

そう考えて自分のことを考えたとき、わたしはわたしの中になにもないことに気づきました。

大知の中にはきっとたくさんのものが詰まっているんでしょう。中身を見ることができるのなら、そこには異次元ポケットみたいにいろんなものがたくさんあるはずです。これまでの友だちはもちろん、好きだったもの、ハマったもの、今はそれらに興味がなくとも、大知の中にはちゃんと残されているはずです。

大知を好きだと感じるたびに、わたしはひどい虚無感に襲われるようになりました。

大知が大事だなと思うたびに、大知が羨《うらや》ましくて仕方なくなりました。

大知に憧れるたびに、妬《ねた》ましく思うようにもなりました。

諦めない、ゾンビのように何度も何度も立ち上がれるのは、大知がこれまで吸収してきたたくさんのものが、増えるたびにまじりあって岩のように重く頑丈になったからなのではないでしょうか。

その大知の中に、からっぽのわたしは、必要でしょうか。

あってもなくても意味のないものです。わたしはその程度の存在です。

だから――わたしは、この無意味な高校生のわたしも殺したいと思うようになりました。

卒業と同時にわたしはわたしを殺し、あたらしいわたしで大学生活をはじめたいと、そう思います。

大知が好きになってくれたわたしを、殺すんです。

だから、大知はもう、これからのわたしを好きではなくなると思います。

それは、わたしを好きになってくれた大知を、殺すことになるんでしょう。


昨晩読み終えた手紙を思い出した。

七香は今日、高校を卒業したら今までのように〝七香〟を殺すつもりなのだ。七香が生み出した、七香ではない七香。ややこしくてこんがらがる。

おそらく、大学を地元ではなく離れた土地を第一志望にした時点ですでに、七香はそうすることを決めていたのだろう。おれと別れて、あたらしい自分で一からはじめるつもりだった。

「七香はおれのことを、殺したいの?」

率直に疑問をぶつける。

七香はびくりと体を震わせた。ただ、しばらく待っても閉じられた七香の口は開かない。それは、返事に躊躇しているから、ではない。返事ができないから、だ。

おれはゆっくりと駅に向かって歩きだした。七香はおれのとなりをついてくる。

「あの手紙読んで、わかったことがあるんだよな」

「……なに?」

返事をしてくれたので、思わず笑みがこぼれる。そんなおれに、七香は戸惑ったように視線を彷徨《さまよ》わせた。

「おれやっぱり、七香が好きだなって」

「は?」

珍しい七香の素っ頓狂な声に、にやにやしてしまう。きっとこの学校の中に、七香にそんな声を出させるやつはおれ以外いないだろう。もしかしたら、この世でおれだけかもしれない。

立ち止まり、くるりと体を七香に向けた。

真正面に立つ七香が、おれを怪訝《けげん》な顔で見ている。真面目そうな、ちょっと融通の利かなさそうな七香だ。

自慢じゃないけれど、おれは高校で七香と再会してから、ずっと七香を見ていた。だから自信を持って言える。今の自分が誰を好きなのか。

七香の背後に見える桜の木が、さわさわと風で揺れた。

「七香が好きだ」

同じ言葉を繰り返す。

七香は目を見開き、唇を震わせる。それを押さえつけるかのように唇を噛んで、おれから視線を外した。

「……今の、わたしが、でしょう?」

「そうだよ」

口元を歪ませて呟く七香に、こっくりと頷いて認める。その答えに、七香は少なからずショックを受けた、ように見えた。それがあまりにかわいくて、ちょっとだけ、意地悪なことを言いたくなってしまう。

「でも、もしもここでおれが『おれが好きなのは過去の七香だ』って言ったって、七香は喜ばないだろ」

だって、過去の七香はもういない。なにより過去の七香のことを本当の七香、だとは思っていないはずだから。

手紙を読んでいたときは、昨日七香がおれに別れを告げたのは、おれが『今の七香が好き』と言ったからだと思っていた。でも、最後まで読んで、おれの返事がどっちだったとしても、その後の展開はなにもかわらなかっただろうと思った。

「ずるいよな、七香」

「なにが。なんで」

「だって七香、本当はおれが別れたくないって言うの、わかってたんだろ。だから手紙を準備してたんだろ？　それって結局のところ、七香はおれと別れたくないってことだろ？」

腕を組んで子どものように頬を膨らませる。と、七香はさすがにぽかーんと口を開けておれを見る。いったいなにを言っているのか、と心底理解できないようだ。まるでおれがおかしなことを言っているかのような反応はやめてほしい。

「なんでそうなるの……。あの手紙、ちゃんと読んだ？」

「もちろん。二回も読んだ」

「だったら！」

耐えきれなくなったのか、七香が声を荒らげた。七香がこんなふうに感情を爆発させるのは珍しい、というかはじめてだ。

そして、今さらながら、おれは七香が泣くのもはじめて見たことに気づく。

感情が昂《たかぶ》りすぎて、涙腺が壊れてしまったらしい。七香の瞳から大粒の涙がぼろぼろとこぼれ落ちていく。頬が濡れて、風がより冷たく感じてしまうのではないのかと心配になった。

拭ってやらなければ、と手を伸ばす。

「なんで、そんなふうに思えるの。本気で言ってるの？」

頬に触れるまであと数ミリのところで、七香の声がおれの手を止める。

七香が泣きながらおれを睨《にら》んでいた。絞り出されたその声は、ぶるぶると震えていて、七香の強さを感じることができる。

ああ、おれはやっぱり、七香が好きだと、そう思う。

無意識に口の端を引き上げてしまったようで、七香がそれに気づき「なんで！」とさらに大きな声を出した。

「わたしは自分だけじゃなくて、まわりも簡単に殺せるような人間なのに」

「実際に殺すのと脳内で殺すのとを一緒に考えるからややこしくなるんだよ。そんなの全然違うだろ」

「違わない。罪にはならないかもしれない、でも、わたしは明確に、自分の意志で、殺そうと思ってそうしたんだから」

だとしても、それは七香のせいじゃない。かといって、七香の家庭環境が原因だというわけでもない。おれが七香と環境が反対だった場合、同じことをするとは思えないから。

七香もそれをわかってる。

だって七香はおれなんかよりもずっと、いろんなことを考えてきたから。

だからこそ、自分を殺すという選択をした。そしてそんな自分を、今の七香は許せないのだろう。

「無理、だめ。大知とは今日で終わりにしなきゃいけない」

ぶんぶんと首を左右に振って、七香が言う。

「なんでそんな頑《かたく》ななんだよ」

「これからのわたしは、わたしじゃなくなる。そうする。もう、決めたことなの」

たしかに、相当の決意がなければ、わざわざおれと離れるために遠くの大学を受験することはない。七香は嘘も誤魔化しも苦手だから。別れを口にしたのも、七香なりにもうすでにおれとの別れを覚悟してのことだったのだとわかる。

でも、じゃあ、なんで泣いているのか。

決めたことなのに、どうしてそんなに苦しそうなのか。

その答えに、七香は気づいていない。

「七香」

今度はちゃんと七香の頬に触れることができた。

おれの体温に、七香の体が小さく跳ねる。瞳が、不安げに揺れる。

「なんでそんなに怖がってんの？　なにに怯《おび》えてんの？」

「……大知が、わたしをきらいにならないことに、怯えてるんだよ」

「うはは、なにそれ」

予想外の答えがかわいすぎて噴き出す、と、七香が「笑いごとじゃないんだから！」と噛みついてくる。いや、これは叱られたんだろうか。そのことに、なんだか胸があたたかくなる。頬が緩んでにやけてしまう。

そんなおれの表情に、七香がひどく絶望した顔になった。

「いやなんだよ、わたし……」

七香は声に涙を滲ませて、必死に言葉を紡ぐ。

「大知みたいに誰からも好かれる、そんなひとのそばに、からっぽのわたしなんかがいることが、いやなの。わたしがいやなの」

小さな七香の両手が、おれの制服を掴んだ。強く握りしめるその手に自分の手を重ねると、とても冷たくて、でもぬくもりを感じる。

「七香は、自分がきらいなんだな」

だからこれまでの自分を、殺してきた。

小学生のときに両親を笑顔にできなかった自分が。その努力が友だちの一言でなかったかのようにされた自分が。中学生のときの静かに空気を読んで過ごしていた自分が。その日々を母親と義父に受けいれてもらえなかった自分が。

そして、高校生になって、おれに好かれた自分が。好かれたことで、からっぽなんだと気づいてしまった自分が。

「──大知、みたいに、なりたい」

七香はおれを過大評価しすぎている気がする。でもおれも、きっと七香をそんなふうに見ていたんだとも、思う。

でもさ、それでいいんだよな、と思う。だって好きなひとなんだから。自分の目には特別なひとに映るのが当たり前なんじゃないだろうか。特別に感じるから、好きってことなんじゃないか。

「こんなからっぽのままの自分じゃ、いやなんだよ」

「おれは、そんな七香を好きになったんだって、手紙を読んで思った」

「そんなわけない」

間髪を容れずに否定をされる。

「たしかにそんなわけないか。だって、七香はからっぽじゃないもんな」

「だから、なんで」

「まあまあ、落ち着いて。七香はたしかにこれまでの自分を殺したんだと思う。でもさ、なにごともゼロにはならないんだよ。必死にまわりに——家族に合わせて自分を作り替えてきた、その行為は七香自身のものだ」

本当にまったくの別人になっていたなら、毎回同じことを繰り返そうと思わない。

「小学校の七香と今の七香は違うっておれも思う。中学のときは物静かでいじめまで受けていたなんて、やっぱり想像できないし。でも、おれはたぶん、いつ出会ってても七香に惹かれていたと思うよ」

おれが七香を好きになったのは、七香のかっこいい横顔だった。

それは、小学校のときの七香の見せたものと似ていた。

さびしさや、緊張を抱きながらも、それらを呑《の》み込み前を向いていた。

おれは七香をかっこいいと思っている。強い、ではない。弱さを抱えたままでも目をそらさない姿に、かっこいいと思うんだ。

おれのことが好きすぎて、自分のことをきらいになりすぎて、なんとかもがいている今の七香でさえも、おれにはただただかっこよく映る。今までの自分から目をそらさずに、いつだって七香は前を見ている。

「どれだけ殺したって、消したって、かわらない七香はいる。七香がそれに自分で気づかないなら、おれがいくらでも見つけてあげられる」

「そんなの、ないよ」

「あるよ。少なくとも、小学生のときから七香は家族のことを大事に思ってる。何度も自分を殺すくらいに。つまり、七香はずっとかわらずやさしいってことだよ」

七香は少し黙って考える。そして、上目遣いにおれを見た。

「思い違いかもしれない、よ？」

「それでもいいじゃん。だって今の七香は、小学生中学生の七香がいて、それぞれを殺して生まれた七香なんだろ？　殺さなかったら、ここにいる七香はいなかったってことで、結局のところ過去があって、そんで——ん？　よくわかんなくなってきたな」

なにが言いたかったんだっけ。

言葉を止めて首を捻《ひね》る。うーんと自分の発言を思い出し考えをまとめようとすると、さすがの七香も「なにそれ」と情けない顔で笑った。

七香を愛しいと思う感情が、おれを包み込んで、体の芯があたたかくなる。

「だから、やっぱり、おれは七香が好きってことだよ」

昨日から七香の手紙を読んでたくさん考えて、そのたびに、そう思った。考えるべきことはほかにもたくさんある。言いたいこともいろいろあるんだろうけれど、うまく言葉にできない。

わかるのは、揺らがないのは、七香を好きってことだけなんだ。

「これまでのわたしを、許せるの？　ひどいことをしてきたのに」

「あー……一緒にまわりも殺してしまったことは、あんまり褒められるようなことじゃないよな。相手からしたら意味わかんないし、おれも、意味わかんなかったし。七香に別れようって言われたときは、マジで、ショックだった」

手紙を読んでなお、ショックを受けた。

だって七香は、これまでのようにおれのことも殺そうとしたのだから。これまでの七香の友人も、七香はそんなつもりじゃなくとも、被害者のおれは傷ついた。七香に声をかけたのに無視をされた女子は、事実を知らないからこその傷を受けたはずだ。七香に声をかけたのに無視をされた女子は、どう思っただろうか。森下も、これからも友人でいたかったのに、と悲しそうな顔をしていた。

おれの正直な気持ちに、七香は眉を下げて歯を食いしばる。

「でも、あいにくおれは殺されないんだよ」

「……なにその、自信」

「七香、手紙にも書いてたじゃん。おれのことゾンビみたいだって」

にいっと白い歯を見せて胸を張る。

「おれは殺されたりしない。何度殺されても、倒れずに七香に向かっていくつもり」

七香がぽかんと口を開けておれを見上げる。なにやら衝撃を受けたようで、涙もぴたりと止まっていた。そして。

「ほんと、ゾンビ」

七香が苦笑した。

ぼすんとおれの胸元に頭を預けて、くすくすと笑っているのか肩を揺らしている。

ツボにハマったのかもしれないが、もしかしたら、泣いているのかもしれない。

どっちでもいい。七香がおれに寄りかかってきてくれた、それだけでいい。

「自分を殺してしまったり、それに悩んでしまったりする、おれは七香のそういう部分も好きなんだ。七香は、七香が思うよりもたくさんのものが、詰まってる」

「そっか、そうだね、そうかも、しれないね」

きっと、七香のことだから、すべてを肯定的に、前向きに受けいれることは難しいだろう。おれの拙《つたな》い言葉から、からっぽの自分でもいいんだ、と思ったわけでもなければ、からっぽじゃなかった、と思ったとも考えにくい。

でも少しくらいは、おれの言葉を受け止めてくれたんじゃないだろうか。

ぎゅうっと七香を抱きしめた。

「七香、好きだよ」

おれはいつまでもゾンビのように愛の言葉を繰り返す。今現在のおれの気持ちを、伝え続ける。

「もしもこの先、七香がまた誰かを殺してしまったり、殺したくなったときは、おれを呼んで。死なないおれがいつでも、死んでも会いに行くから。何度でも好きだって、言い続けるから。そしたらきっとさ」

「そしたらきっと、わたしも、やっぱり大知を好きだって、思うよ」

おれの言葉の続きをわかっていたかのように、七香が続けた。

「そのたびに、きっとわたしは、その気持ちで大知にたくさん救われる、かも」

「かも？」

「先のことは、わかんないからね」

ふははと目元の涙を指で拭って顔を上げた七香は――満面の笑みを浮かべていた。

それはおれが今まで見たことのない、晴れ晴れとしたものだった。

それは、本来の七香のものか、それともあたらしい七香のものなのか。

そう思った瞬間、おれの頬が赤く染まったのが自分でわかった。

「え、な、なに、どうしたの。熱でも出たの？」

「あ、や、なんか、七香があまりに、かわいくって、なんかすげえ、うれしくって、恥ずかしい感じ。なんだこれ」

自分でもよくわからない。人前で大声で好きだと叫んだときも、七香に秒でフラれたときも、なんの羞恥《しゅうち》も感じなかった。七香にやっとのことで交際承諾の返事をもらえたときだって、ただただうれしくて校内を走り回っただけだった。

「……今までそんな照れたことなかったじゃない。なに言ってるの」

過去に自分を殺したことのないおれですら、突然、あたらしい自分が生まれる。

結局、そういうことなのだ。よくわかんないけどそう思った。

七香はまた自分を殺すかもしれない。そして作り上げたあたらしい七香は、これまでとは全然違う七香になるかもしれない。別人のように見えるかもしれない。

でも、おれはそれでも七香を好きだと思うはずだ。

自分を殺した理由を訊けば、きっと七香らしいと思うだろうし、あたらしく生まれた七香のことも、おれはきっとまた好きになる。

たとえ、七香に殺されたとしても。

この気持ちがなくならない限り、おれは殺されない。

そんなおれがいる限り、七香が何度自分やまわりを殺しても、殺せない。

だから、七香はもう、誰も殺せない。

この物語はフィクションです。実在の人物、団体等とは一切関係がありません。

各先生へのファンレターのあて先
〒104-0031　東京都中央区京橋1-3-1　八重洲口大栄ビル7F
スターツ出版（株）書籍編集部 気付
櫻いいよ先生／遊野煌先生／時枝リク先生／川奈あさ先生

卒業　君との別れ、新たな旅立ち

2024年2月28日　初版第1刷発行

著　者　櫻いいよ ©Eeyo Sakura 2024　遊野煌 ©Kou Yuuno 2024
時枝リク ©Riku Tokieda 2024　川奈あさ ©Asa Kawana 2024

発 行 人　菊地修一
デザイン　フォーマット　西村弘美
カバー　モンマ蚕（ムシカゴグラフィクス）
発 行 所　スターツ出版株式会社
〒104-0031
東京都中央区京橋1-3-1　八重洲口大栄ビル7F
TEL　03-6202-0386（出版マーケティンググループ）
TEL　050-5538-5679（書店様向けご注文専用ダイヤル）
URL　https://starts-pub.jp/
印 刷 所　大日本印刷株式会社

Printed in Japan

ISBN　978-4-8137-1548-1　C0193

スターツ出版文庫　好評発売中!!

『拝啓、私の恋した幽霊』　夏越《なごし》リイユ・著

幽霊が見える女子高生・叶生。ある夜、いきなり遭遇した幽霊・ユウに声をかけられる。彼は生前の記憶がないらしく、叶生は記憶を取り戻す手伝いをすることに。ユウはいつも心優しく、最初は彼を警戒していた叶生も、少しずつ惹かれていき…。決して結ばれないことはわかっているのに、気づくと恋をしていた。しかし、ある日を境にユウは突然叶生の前から姿を消してしまう。ユウには叶生ともう会えない“ある理由”があった。ユウの正体はまさかの人物で――。衝撃のラスト、温かい奇跡にきっと涙する。

ISBN978-4-8137-1534-4／定価726円（本体660円+税10%）

『愛を知らぬ令嬢と天狐様の政略結婚』　クレハ・著

幼き頃に母を亡くした名家の娘・真白。ある日突然、父に政略結婚が決まったことを告げられる。相手は伝説のあやかし・天狐を宿す名家・華宮の当主。過去嫁いだ娘は皆、即日逃げ出しているらしく、冷酷無慈悲な化け物であると噂かれていた。しかし、嫁入りした真白の前に現れたのは人外の美しさを持つ男、青葉。最初こそ真白を冷たく突き放すが、純粋無垢で真っすぐな真白に徐々に心を許していき…。いつも笑顔だが本当は母を亡くした悲しみを抱える真白、特別な存在であるが故に孤高の青葉。ふたりは“愛”で心の隙間を埋めていく。

ISBN978-4-8137-1536-8／定価671円（本体610円+税10%）

『黒龍の生贄は白き花嫁』　望月《もちづき》くらげ・著

色彩国では「彩の一族」に生まれた者が春夏秋冬の色を持ち、四季を司る。しかし一族で唯一色を持たない雪華は、無能の少女だった。出来損ないと虐げられてきた雪華が生かされてきたのは、すべてを黒に染める最強の能力を持つ黒龍、黒耀の贄となるため。16歳になった雪華は贄として崖に飛び込んだ――はずが、気づけばそこは美しい花々が咲き誇る龍の住まう国だった。「白き姫。今日からお前は黒龍である俺の花嫁だ」この世のものと思えぬ美しい姿の黒耀に、死ぬはずの運命だった色なしの雪華は“白き姫”と溺愛されて…⁉

ISBN978-4-8137-1538-2／定価682円（本体620円+税10%）

『偽りの男装少女は後宮の寵妃となる』　松藤《まつふじ》かるり・著

羊飼いの娘・瓔良は“ある異能”で後宮のピンチを救うため、宦官として潜入することを命じられる。男装し、やってきた後宮で仕えるのは冷酷無慈悲と噂の皇帝・風駕。しかし、何故か風駕は宦官である瓔良だけに過保護な優しさを見せ…。まるで女性かのように扱い好意を露わにした。彼に惹かれていく瓔良。自分は同性として慕われているだけにすぎない、と自身に言い聞かせるが、風駕の溺愛は止まらず…。まさか男装がバレている⁉「お前が愛しくてたまらない」中華風ラブファンタジー。

ISBN978-4-8137-1537-5／定価715円（本体650円+税10%）

スターツ出版文庫　好評発売中!!

スターツ出版文庫　好評発売中!!

『龍神の100番目の後宮妃～宿命の契り～』　皐月《さつき》なおみ・著

天涯孤独の村娘・翠鈴は、国を治める100ある部族の中で忌み嫌われる「緑族」の末裔であることを理由に突然後宮入りを命じられる。100番目の最下級妃となった翠鈴は99人の妃から虐げられて…。粗末な衣装しか与えられず迎えた初めての御渡り。美麗な龍神皇帝・劉弦は人嫌いの堅物で、どの妃も門前払いと聞いていたのに「君が宿命の妃だ」となぜか見初められて――。さらに、その契りで劉弦の子を身篭った翠鈴は、一夜で最下級妃から唯一の寵姫に!?　ご懐妊から始まるシンデレラ後宮譚。

ISBN978-4-8137-1508-5／定価693円（本体630円+税10%）

『さよなら、２％の私たち』　丸井《まるい》とまと・著

周りに合わせ、作り笑いばかり浮かべてしまう八枝は自分の笑顔が嫌いだった。そんな中、高校に入り始まった“ペアリング制度”。相性が良いと科学的に判定された生徒同士がペアとなり、一年間課題に取り組んでいく。しかし、選ばれた八枝の相手は、周りを気にせずはっきり意見を言う男子、沖浦だった。相性は98%、自分と真逆で自由奔放な彼がペアであることに驚き、身構える八枝。しかし、沖浦は「他人じゃなく、自分のために笑ったら」と優しい言葉をくれて…。彼と過ごす中、八枝は前に進み、“自分の笑顔”を取り戻していく――。

ISBN978-4-8137-1517-7／定価682円（本体620円+税10%）

『はじめまして、僕のずっと好きな人。』　春田《はるた》モカ・著

過去の出来事から人間関係に臆病になってしまった琴音は、人との関わりを避けながら高校生活を過ごしていた。そんな時、人気者で成績も抜群だけど、いつもどこか気だるげな瀬名先輩に目をつけられてしまう。「覚えておきたいって思う記憶、つくってよ」—そう言われ、強引に“記憶のリハビリ”とやらに付き合わされることになった琴音。瀬名先輩は、大切に思うほど記憶を失くしてしまうという、特殊な記憶障害を背負っていたのだった…。傷ついた過去を持つすべての人に贈る、切なくも幸せなラブストーリー。

ISBN978-4-8137-1519-1／定価715円（本体650円+税10%）

『僕の声が永遠に君へ届かなくても』　六畳《ろくじょう》のえる・著

事故で夢を失い、最低限の交流のみで高校生活を送っていた優成。唯一の楽しみはラジオ番組。顔の見えない交流は心の拠り所だった。ある日クラスの人気者、蓮杖紫帆も同じ番組を聴いていることを知る。深夜に同じ音を共有しているという関係は、ふたりの距離を急速に近づけていくが…。「私、もうすぐ耳が聴こえなくなるんだ。」紫帆の世界から音が失くなる前にふたりはライブや海、花火など様々な音を吸収していく。しかし、さらなる悲劇が彼女を襲い――。残された時間を全力で生きるふたりに涙する青春恋愛物語。

ISBN978-4-8137-1518-4／定価682円（本体620円+税10%）

スターツ出版文庫　好評発売中!!

『薄幸花嫁と鬼の幸せな契約結婚〜揺らがぬ永久の愛〜』　朝比奈希夜《あさひなきよ》・著

その身に蛇神を宿し、不幸を招くと虐げられて育った瑠璃子。ある日、川に身を投げようとしたところを美しい鬼のあやかしである紫明に救われ、二人は契約結婚を結ぶことになる。愛なき結婚のはずが、紫明に愛を注がれ、あやかし頭の妻となった瑠璃子は幸福な生活を送っていた。しかし、蛇神を狙う勢力が瑠璃子の周囲に手をだし始め——。「俺が必ずお前を救ってみせる。だから俺とともに生きてくれ」辛い運命を背負った少女が永久の愛を得る、和風あやかしシンデレラストーリー。

ISBN978-4-8137-1498-9／定価671円（本体610円+税10%）

『青に沈む君にこの光を』

退屈な毎日に息苦しさを抱える高一の凛月。ある夜の帰り道、血を流しながら倒れている男子に遭遇する。それは不良と恐れられている同級生・冴木だった。急いで救急車を呼んだ凛月は、冴木の親友や家族と関わるようになり、彼のある秘密を知る…。彼には怖いイメージと正反対の本当の姿があって——。（「彼の秘密とわたしの秘密」汐見夏衛）他、10代限定で実施された「第２回 きみの物語が、誰かを変える。小説大賞」受賞３作品を収録。10代より圧倒的支持を得る汐見夏衛、現役10代作家３名による青春アンソロジー。

ISBN978-4-8137-1506-1／定価660円（本体600円+税10%）

『君がいなくなるその日まで』　永良《ながら》サチ・著

心臓に病を抱え生きることを諦めていた高校２年生の舞は、入院が長引き暗い毎日を送っていた。そんな時、病院で同じ病気を持つ同い年の男子、慎に出会う。辛い時には必ず、真っ直ぐで優しい言葉で励ましてくれる慎に惹かれ、同時に明るさを取り戻していく舞。しかし、慎の病状が悪化し命の期限がすぐそこまで迫っていることを知る。「舞に出会えて幸せだった——」慎の本当の気持ちを知り、舞は命がけのある行動に出る。未来を信じるふたりに、感動の涙が止まらない。

ISBN978-4-8137-1505-4／定価660円（本体600円+税10%）

『夜を裂いて、ひとりぼっちの君を見つける。』　ユニモン・著

午後９時すぎ、塾からの帰り道。優等生を演じている高１の雨月は、橋の上で夜空を見上げ、「死にたい」と呟いていた。不注意で落ちそうになったところを助けてくれたのは、毎朝電車で見かける他校の男子・冬夜。「自分をかわいそうにしているのは、自分自身だ」厳しくも優しい彼の言葉は、雨月の心を強烈に揺さぶった。ふたりは夜にだけ会う約束を交わし、惹かれあっていくが、ある日突然冬夜が目の前から消えてしまう。そこには、壮絶な理由が隠されていて——。すべてが覆るラストに、心震える純愛物語。

ISBN978-4-8137-1507-8／定価660円（本体600円+税10%）

書店店頭にご希望の本がない場合は、書店にてご注文いただけます。